龍雲
作品

龍雲
作品

龍雲
作品

龍雲
作品

龍雲
B.c.N.y. 繪
月下流星
The Meteor in Sky

月下流星

The Meteor in Sky

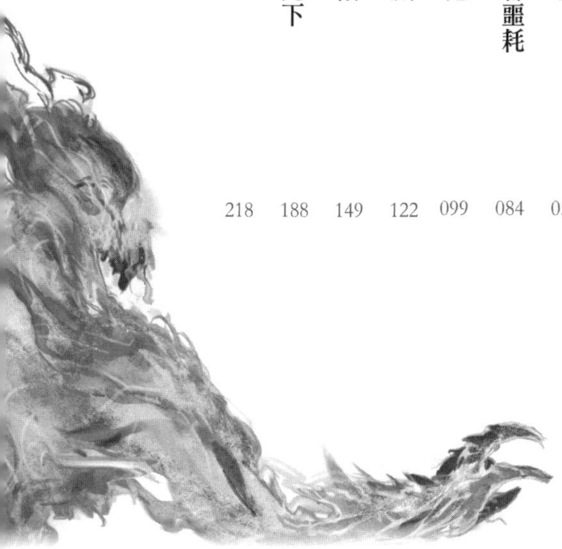

第1章・宛如流星的男子

1

時間回到近兩年前的那一天——

葉曉潔還是J女中的高二生，而今晚，一場驚天動地的大事，就發生在這間J女中之中。

一個流傳長達千年的門派，在這裡一分為二，進行了一場難以置信的決鬥。

這場決鬥，最後有了一個極為血腥的結局，但是這夜卻還沒有完。

緊接著在這場決鬥之後，竟然是一場罕見的神魔大戰，就在這間學校的室內體育館中上演了。

身為這間學校最後的倖存者，葉曉潔就站在體育館門外，渾身不停地顫抖，在門口靜靜地等著，隔著一扇門的體育館裡面，那場神魔大戰的終焉。

也不知道這樣站了多久，裡面不時傳來一些激烈打鬥的聲音，接著傳來一聲巨響，甚至連門外的曉潔，都感覺到了地板也隨著這聲巨響而微微晃動了一下。

然後……

同一個夜晚，遠在台南市區的岸邊。

此時已經接近破曉的清晨時分，因此岸邊以及旁邊的馬路上，沒有半台往來的車輛，更沒有多少人在附近出沒。

這裡不是觀光的鬧區，更不是知名的景點，在欄杆過去之後，只有一片黑壓壓的海面，就風景來說，並沒有多好看。

但是一對情侶仍然靠在欄杆邊，靜靜地望著這片漆黑的海洋。

與J女中那驚恐的場面完全不同，這裡有著只有一片祥和的寧靜……還有愛。

兩人依偎在一起，靜靜地等待著日出，照亮眼前這片還顯得黑暗的海面。

浪花的聲音，在寧靜的夜裡特別響亮，彷彿在為兩人的相戀，伴奏出最美麗的樂章。

沒有多說什麼，兩人緊緊地摟在一起，享受這人生最幸福的時刻。

當然，兩人所面對的海面是台灣的西岸，所謂的日出，其實是從兩人身後升起的，這也正是為什麼這裡並沒有任何其他人，跟兩人一樣在等待著日出的原因。

不過對熱戀中的兩人來說，看日出不過只是點綴這浪漫氣氛的一點消遣，不是真正為了欣賞旭日之美。

逐漸接近破曉時分，從身後開始逐漸光亮起來的陽光，也讓海面開始逐漸明朗。那壯闊的海浪起伏，在水面上彷彿撒上亮片般閃爍著光芒，即便在這單調的景色之中，也讓人見識到大自然之美。

將頭埋在男友懷中的女子，微微張開眼睛，只用眼角的餘光看著這片美麗的光景，對她來說這是她人生中最甜蜜的時分，幸福感在胸中滿溢出來，此刻不管怎樣的景象，都讓她感覺宛如人間仙境。

就在這份感動之中，仍顯得昏暗的天空出現了一個微微的光點。

嗯？

女子將頭從男友懷中仰起來，凝望著天空的那個光點。

是流星嗎？是流星吧？

女子臉上浮現出一抹甜蜜的微笑，用力縮緊了一下摟住男友的手，在確定男友低頭看著她之後，用下巴努了努天空那個光點。

「是流星嗎？」女子一臉幸福地問。

「應該是吧。」男子看了一眼之後笑著回應。

此刻胸中蘊含著滿滿的幸福之外，還有流星點綴，讓女子感覺自己無疑就是這人世間最幸福的人。

「應該可以許願吧？」女子甜甜地笑著說。

「妳有什麼願望嗎？」男子回以溫柔的笑。

「沒有了，」女子再度將頭埋入男子的懷中嬌嫩地說：「我最大的願望……現在已經實現了。」

男子聽了臉上也洋溢出幸福的笑容，仰起頭來看著流星，然後笑容有點僵了。

嗯？

看著那個光點，男子原本彎曲得有如弦月的嘴角，越來越平緩。

那個光點是不是……朝我們過來了？

那光點彷彿停在空中一樣靜止不動，慢慢地越來越大，這讓會意過來的男子臉上的笑容也跟著消失。

「喂，」男子拍了拍埋頭於懷中的情人說：「那個、那個……那顆流星……」

女子的頭仍然埋在愛人的懷中，只是模糊地「嗯」了一聲。

「喂，」男子晃動了一下身子說：「那顆流星，好像、好像朝我們來了耶。」

女子聽了先是一愣，然後連頭都沒有抬起來，扭了扭身子說：「唉唷，好討厭喔，你又在騙人家，不管啦，人家還要多抱一會。」

「不是，」男子臉色鐵青，因為那光點真的越來越近也越來越大了：「我是說真的！喂！喂！真的啦！喂！」

光點以難以置信的速度射向兩人這邊，男子見自己的戀人完全沒有反應，眼看流星就要打在兩人身上了，男子一慌之下完全不管那麼多，用力一退順勢將仍然陶醉在自己懷抱中的女子給推開，整個人向後一跳。

突然被人從溫柔鄉推出來的女子，還愣在原地，身後突然轟然一聲巨響，流星墜入距離不到五公尺遠的海面上，打起了一大片的水花。

女子被巨響嚇到，縮起了肩膀猛然回頭，只見宛如海嘯般的水花有如巨大的手掌朝自己打過來一樣，連動都還來不及動，女子就被這片水花襲擊打中，整個人被強勁的浪花打退了一兩步才勉強站定。

被水花打成落湯雞的女子，不但整個人狼狽到了極點，就連心中原本那幸福美滿的熱火，也被這波水花狠狠地澆熄打滅了。

女子先是愣在原地一會，然後緩緩地轉過身來，用冰冷的眼光凝視著那個退到一旁而躲過這場水波襲擊的男友，以幾乎可以說毫無溫度的口氣，冷冷地說：「你……剛剛把我推開了，是不是？」

「我有跟妳說啊，」男子懦弱地說：「朝、朝我們來了……」

原本是甜蜜到密不可分的情侶，此刻看上去更像是一對宿敵般，為了即將而來的決鬥對峙著。

「所以呢？」女子眼角微微抽搐，並且用低八度的聲音質問著男方：「這就是你推我去死的原因？就只因為我以為你在開玩笑？代價就是去死？」

「不是啊，」男子哭喪著臉說：「我跟妳說了很多次，妳都沒聽，還抱得很緊，我一時驚慌……」

男子一邊說著，一邊怯懦地抬頭觀察一下女方的反應，赫然看見女子濕淋淋的臉上，竟然參雜著些鮮紅的血跡。

「寶貝，」男子臉色鐵青：「妳受傷了嗎？」

「不要叫我寶貝！」

女子恨恨地說，然後用手抹了抹自己的額頭，拿到眼前一看，的確有點鮮紅的血跡，但是混雜在其他濺在臉上的海水之中，有點被沖淡了。

女子摸了幾下，確定這些並不是自己身上的傷口所留下來的血液。

雖然心中還是充滿怒火，但是女子仍然搖搖頭說：「不是我的血。」

男子聽了皺著眉頭，將目光轉向剛剛流星掉落的海面上，此時海面還因為剛剛的衝擊，上下晃動得有點劇烈，而一個物體就這樣隨著海浪上下起伏著。

男子覺得狐疑，重新靠近欄杆，然而此刻太陽還沒有完全升起，因此即便只是幾公尺的距離，也很難看得清楚那個物體是什麼。

男子拿出了手機，打開手電筒的功能，朝著物體的方向照過去，看了幾眼之後，臉色瞬間凝重了起來。

「寶貝！」男子叫道：「快點報警！」

「啊？」

「剛剛那個……」男子轉過臉來一臉愕然地說：「不是流星，是人，一個人！」

女子狐疑地靠到欄杆邊，朝著男子照射的方向看過去，果然看到那逐漸恢復平靜的海面，一個身影就在那邊浮沉。

在一片慌亂之中，這一對情侶趕忙報警，過了一會之後，紅色閃爍的燈光出現在岸邊，幾台警車與救護車來到了現場，那宛如流星般墜落的人，也被救護人員緊急救上岸來。

那是一個男子，頂有一頭金髮的男子。

男子的傷勢非常嚴重，即便從海上撈起來，身體各處也看得到明顯的傷痕，仍然淌著血。

警員們忙著為這一對偵訊到一半就不時吵起來的情侶做筆錄，兩人似乎為了當男人掉下來的時候，男方推了女方一把而爭執不休，另一邊的救護人員則是忙著將落海的金髮男子送上救護車。

就在連員警們都覺得這一對情侶的愛情故事即將閉幕的同時，天色卻彷彿為了揭開一段傳奇故事的序幕般逐漸亮了起來。

2

距離宛如流星般的男人墜海事件三個多月後──

「又是你！」

一陣咆哮聲從病房中傳出來，讓剛好經過病房門口的丁侑心嚇到縮起了肩膀。

看了一下病房裡面，那聲音似乎是從病房中的廁所傳來的，低頭一看，大灘的積水從廁所流出來。

不需要多說，丁侑心光是看病房與眼前的情況，大概就知道是怎麼回事了。

應該是流星又沒有關水龍頭之類的事情了吧？

流星是醫院裡面的一個男性病患，沒有人知道他到底是誰，只知道當初聽說警方接獲報案，有人目睹他宛如流星一般，從天空墜入海中。在緊急送入醫院之後，因為身上多處骨折、傷勢嚴重，一度失去呼吸心跳，後來在緊急搶救之下，才從鬼門關前將他搶救回來。

然而不知道是因為天生就是如此，還是因為傷勢過於嚴重，搶救過程之中，一度中止呼吸心跳，導致腦部缺氧還是怎樣，男子清醒過來之後，整個人就呈現癡呆的狀況。

就連一般簡單的溝通與回答問題的能力，都完全喪失了，因此照顧起來，還需要比別的病患多加一倍的心力。

由於完全不知道他的身分，加上他特殊的情況，因此護理士們彼此之間，都稱他為「流星」。

流星很快就成為了這些護士們的噩夢，由於狀況很糟糕，加上他又常常惹禍，因此所有護理人員都很不喜歡他，每次抽到他這間病房的護理人員，都是愁雲慘霧，甚至會一整天火氣都非常大。

果然在咆哮聲過後，一個護士怒氣沖沖地從病房的廁所中走出來，丁侑心為了避免掃到颱風尾，立刻低頭離開門前，去忙自己負責的病房了。

然而躲得了和尚，躲不了廟，等到丁侑心忙完回到護理站的時候，剛好也遇到了那個好不容易怒火中燒的護士學姊也回到了護理站。

「真是夠了！」那護士學姊粗魯地將手上的文件丟在桌上，發出了不小的聲響：「他到底還要住在這裡多久啊？」

當然不需要這名火大的護士學姊多做解釋，大夥也知道是怎麼回事。

即便是剛來上班不久的丁侑心，也大致聽過一些關於這個被稱為流星的男人的事情。

不過這之中都是抱怨居多，甚至有些比較不好的傳聞。

例如流星總是會將餐點打翻或者是剛剛那樣沒關水龍頭，讓水流滿地，甚至淹出浴室，讓人光是整理他的病房，就跟清潔工的工作沒什麼兩樣。

動作不協調，加上完全不能溝通，這些都只是徒增照顧他的負擔，最重要的是，他還不像是一般失智或者是行動不便的病人完全不能行動，還能自己行動的他，到處闖禍，反而讓人更感覺到頭痛。

那個火大的護士學姊大聲地咆哮似乎也驚動了護理長，年過四十的她從辦公室裡面探出了頭，看了一下護理站的狀況，然後走出辦公室。

「是在吵什麼啊？」護理長皺著眉頭說。

其他人看到護理長出來，紛紛假裝忙碌，並且盡可能離開暴風中心。

怒火未消的護士，看到護理長出來，雖然仍然一臉不悅，但是至少動作已經輕了許多，不再像剛剛那樣用力地摔著文件。

「發生什麼事情啦？」護理長問那個一臉不悅的護士。

「還能有什麼事情，」那護士沒好氣地說：「那個流星到底可以轉出去了沒？他再不出院，我都快要住院了。」

丁侑心看了護士站外面走廊上的病房，已經有幾個病患家屬出現在門口，似乎對這場騷動有點微詞。

原本還以為護理長會要求那個火大的護士收斂一下自己的脾氣，誰知道護理長反而十分諒解地拍了拍她的肩膀。

「沒辦法，」護理長皺著眉頭說：「我已經跟上面反映過很多次了，但是目前社工單位與警方那邊還沒有找到他的身分，所以可能還需要再一陣子。」

「不只有我，」那火大的護士沉著臉說：「大家都已經快要受不了了，我們這邊不是收容單位，光是流星一個人，就已經佔用了多少資源，再這樣下去的話……」

護理長聽著理解地點了點頭，然後再次拍拍護士的肩膀，那護士雖然心有不甘，但是也拿起了文件，離開了護理站，準備將文件交到醫生手上。

整座護理站現在只剩下護理長與丁侑心兩個人，這是很難得的機會，可以讓丁侑心好好打聽一下，這段時間以來一直壓抑在自己心中的疑問。

「那位學姊跟那個流星，」丁侑心走到護理長身邊說：「是有什麼不愉快的事情嗎？」

「誰沒有啊，」護理長不耐煩地說：「妳是新人，所以還沒輪到妳去，等妳去了之後就會知道，我保證妳也會抓狂。」

「像剛剛學姊那樣嗎？」丁侑心聳了聳肩，臉上浮現出非常不以為然的表情。

其實這樣的情況，已經持續好幾天了，打從她轉調到這個樓層之後，第一天就注意到在流星那間病房的騷動，情況真的跟護理長說的一樣，幾乎每個人都是苦著一張臉進去，然後怒著一張臉出來。

然而視病如親，這不是從事第一線護理人員所必須抱持的心態嗎？至少這點，丁侑心到現在還是相信的。

或許就是這樣的想法，才會讓丁侑心甘願投入這個對台灣來說，陷入嚴重人才荒的護理行業，畢竟現今的環境對護理人員來說並不算友善，真的需要一些熱情才有可能願意投入這樣的產業之中。

可是丁侑心怎麼也想不到自己第一份工作，就看到了這樣的情況，所有人對待流星的態度讓丁侑心看了心中不免有點微詞，不過礙於在場的全部都是自己的前輩，自己也不方便說什麼。

原本還以為護理長的出現會改變這樣的情況，但是卻是事與願違，因此丁侑心的臉上不免毫不掩飾的浮現出不以為然的表情。

當然丁侑心的表情與反應，甚至於心中的想法，護理長或多或少都可以感受到。畢竟像這樣的新人她看得太多了，就跟各行各業一樣，這些新進人員總是有許多的理想，其中不乏有些跟實務方面有所脫節。而這些新人也會在年資年年提升的同時，那些心中的理想與現實之間的摩擦，不是漸漸被遺忘，就是學會了妥協。

當然，多半遇到這種情況，護理長已經習慣了，但是現在的情況已經夠讓她煩惱了，因此實在沒有心情去應付這樣的新人理想。

「或許妳會覺得他的狀況很可憐，」護理長懶懶地說：「可是妳現在可能看不出來，但是啊，當時他送來的時候是整頭染著金光閃閃的金髮，看就知道不是什麼好東西啦。看他一臉風流的樣子，說不定是碰了不該碰的女人，然後被人教訓，丟到海裡。算他命大，才撿回一條命吧？」

「如果是這樣的話，」丁侑心皺著眉頭說：「為什麼會有人報案說，他像流星一樣從空中摔下來呢？難道黑道真的包台飛機把他運到空中，再把他丟下來嗎？」

聽到丁侑心的反駁，護理長白了丁侑心一眼。

這個新來的小姑娘心地善良，做事也還算勤快，不過就是講話直快的這點，很不討人喜歡。

「所以妳問那麼多，」護理長冷冷地說：「好像對那個病患很有興趣，不然這樣好了，每次負責他病房的人都滿腹委屈與抱怨，不如就由妳來負責好了？」

本來護理長的想法是趁機酸一下這個新人，讓她知道在工作的場所，話要是亂說可是會付出代價的。

一旦她有抗拒的態度，護理長就可以好好趁機唸她一頓。

誰知道丁侑心竟然點了點頭，一臉無所謂地說：「喔，我是沒關係。」

這下反而換成護理長有點傻眼了，壓根兒沒想到丁侑心真的會一口答應，護理長愣了一下之後說：「好，那就這樣拍板定案了。妳從明天開始就專職負責那男人的病房。」

護理長說完之後，轉過身去回到辦公室。

於是就這樣，丁侑心就成為了專職照顧流星的人，而這也正是流星命運改變的開端。

3

流星是個非典型的個案，這點丁侑心很快就知道了。

尤其是在成為了他專屬的護士之後，丁侑心立刻知道他跟一般的病人有很大的差別，當然也立刻了解到那些護士前輩們恨之入骨的原因了。

流星的狀況非常特殊，除了身世成謎之外，就連醫生也不太清楚現在流星的情況到底是怎麼回事。

當初全身受到了重創，被送到醫院來，經過了一番搶救之後才勉強撿回了一命。由於中間一度斷氣，因此醫生曾經懷疑過會不會就是因為當時的斷氣，導致腦部缺氧，受到傷害。

然而在經過一系列詳細的檢查之後，發現又不是這麼一回事。

因此醫生們下了這樣的結論，流星很有可能是在發生意外之前，精神狀況就已經是如此的狀態，不然就很有可能是裝病。

然而會有裝病的結論，其實並不是空穴來風產生的懷疑，而是因為就流星目前的狀況來說，的確就連精神科的醫生都沒有辦法斷定流星的病症到底是屬於哪一種精神失常的情況。

就實際上的情況來說，流星的確具有一定的生活自理能力。

肚子餓了會吃飯，不給他吃還會有些暴動的情況，廁所會自己上，甚至會自己去洗澡。但是常常就像先前惹得那位護士暴走那樣，忘記關水之類的，導致廁所淹水，或者有其他各式各樣的災難。

除此之外，雖然完全失去了跟人溝通的情況，但是有些護士曾經親眼見到，當眾人為了幫他清理病房的時候，流星臉上露出一臉幸災樂禍的表情，甚至還有人說深夜的時候，聽到流星自己在喃喃自語。

這些都是流星會被醫生們懷疑裝病的原因。

這些護士會有這些目擊情報，對丁侑心來說，當然不意外，尤其是整個護士站裡面的護士們對流星的敵意與態度，不難想像會有這些繪聲繪影的說法。尤其是當自己趴在地板上為了幫他清理他所製造出來的災難時，仰起臉看到他那幸災樂禍的笑容，鬼才會相信他是真的有病。

不過，當丁侑心自己親眼見到，那又是另外一回事了。

自從丁侑心開始成為了流星的專屬護士之後，護士站裡面的氣氛，就彷彿天天在過節一樣，所有的前輩們，每天都是笑逐顏開，有說有笑，頗有想要看丁侑心好戲的味道。

雖然有了丁侑心這個專屬的護士，但是丁侑心終究不是超人，每天還是需要下班休息，因此當丁侑心不在的時候，還是需要有其他人輪流照顧流星。不過比起過去來說，這樣已經讓大家接觸流星的時間大減之外，有什麼需要收拾的情況，也可以隨便收拾一下，等丁侑心上班之後讓她自己再去處理。

對於這樣的情況，護理長也採取默許的態度，因此每天只要上班，丁侑心就得要先處理流星在自己不在時闖下的禍。

一天夜班，丁侑心才剛上班就忙著處理前面代班的前輩所留下的爛攤子。

流星在床上沉沉地睡著，丁侑心卻得趴在地板上，擦著他所留下來的大量水漬，這讓丁侑心的內心有點不太平衡。尤其是看到始作俑者，竟然躺在床上呼呼大睡。也就是在這樣的時候，丁侑心也開始理解那些學姊們不爽的心情。

不過處於睡眠狀態的流星，對所有人來說，都是一件好事，這代表著他不會再闖下任何禍。過去在丁侑心成為專屬護士之前，丁侑心知道有學姊會偷偷在流星的食物裡面「加料」，讓流星可以在自己輪值的時候，好好睡上一覺，不要惹出任何事情。

雖然丁侑心絕對不會這麼做，不過不得不承認的是，流星肯乖乖在床上睡覺，對丁侑心來說也是一件求之不得的事情。

好不容易清理完，丁侑心正準備退出去，這時卻看到了，原本應該乖乖在床上睡覺的流星，已經不知道在什麼時候起床，站在窗戶旁邊。

原本還想要嘆氣，心想今晚可能又難熬了。

可是視線一看到流星的臉上，丁侑心立刻察覺到不對勁。

從丁侑心認識流星到現在，成為他專屬的護士已經幾個禮拜的時間，流星總是同一個樣子。

駝背、無神、雙眼空洞，雖然看著前方，但是丁侑心很懷疑他到底有沒有把眼前的一切看到眼裡。

不管做什麼事情，總是慢吞吞，慢到有時候甚至忘記了一樣。

所以他總是會忘記關水龍頭，或者是打翻東西。

這是流星平常的情況。

但是此刻的流星，卻是雙眼凝視著窗外，過去那一臉癡呆的模樣，全然不復見。

意識到丁侑心的視線，流星緩緩地轉過頭來，凝望著丁侑心。

這讓丁侑心大感驚訝，甚至張大了嘴，一臉不可思議地看著流星。

「這裡……是哪裡？」流星問。

流星在這醫院待了那麼長的時間，從來不曾有人見過他說話，更別提說出一句完整的句子了，因此丁侑心的驚訝可想而知。

沒有回答流星的這個問題，丁侑心立刻轉頭衝出病房，並且將護理長拖到流星的房間。

兩人一起衝進來，流星仍然站在窗戶邊，不過臉上的表情卻是一臉癡呆，就跟過去沒有什麼兩樣。

「怎麼會……」丁侑心跑到流星面前揮了揮手，但是流星臉上的表情仍然是一臉癡呆，沒有半點反應。

轉過身來，丁侑心對著護理長一臉歉意地說：「我剛剛真的看到了……」

沒等丁侑心解釋，護理長白了丁侑心一眼之後，轉身朝出口走。

「妳知道……」臨走前護理長冷冷地說：「妳不是第一個看到的人，其他人也看過他『清醒』過。」

當然這是丁侑心第一次看到流星「清醒」的樣子，也了解到過去那些學姊們說的，並不完全是空穴來風。

雖然看到了類似的情況，不過丁侑心的心中，卻有跟護士學姊們完全不一樣的感覺。因為不知道為什麼，丁侑心並不覺得流星是裝的。

因為當時在流星的臉上，那種疑惑的表情，看起來非常自然，就好像真的不知道自己身在何處一樣。

當然，身為護理人員，看到了這樣的情況，本來就應該呈報給醫生知道。丁侑心也基於這樣的理由，將這樣的情況告訴負責擔任流星的主治醫生。

只是丁侑心卻不知道，這樣的通報，會為流星帶來最悽慘的命運。

過去由於有些其他的護士，也看到了流星這種清醒的情況，所以關於流星裝病傳聞，一直未曾歇止過。

只是那些護士本來就非常不想要照顧流星，因此對於他們的說法，醫師方面一直沒有辦法全盤接受。

然而這一次，親眼看到流星清醒的人卻是丁侑心，這個自願擔任流星專屬護士、剛從學校畢業並且充滿熱忱的人。醫生當然不會不當一回事。

於是在經過一連串會議與診斷之後，醫生與社工方面，都認為流星是裝病的可能性非常大。

雖然對於這樣的結果，丁侑心無法接受，但是光憑丁侑心一個人也不可能改變其他人的看法。

而這樣的診斷，也決定了接下來流星的命運。

透過社工單位，他們決定將流星轉到了其中的一間收容單位。

雖然不至於讓流星流浪街頭，不過就連丁侑心也非常清楚，那樣的收容單位不可能容許流星有任何的脫軌行為，尤其是在有裝病的疑雲之下，恐怕轉到收容單位，只會讓流星的狀況更加惡劣。

「就是明天了，終於可以徹底擺脫那個掃把星了。」

丁侑心在下班的時候，聽到其中一個前輩這麼說。

或許也是想到這幾個月，丁侑心就近照顧流星的關係，可能會有點情緒反應，因此護理長非常貼心地，讓丁侑心在流星轉診的明天排休。

所以明天流星被人送上車，轉移到收容中心的時候，丁侑心並不會在工作崗位上。

或許這也是沒辦法的事情。

在得知流星要轉到收容中心之後，丁侑心就一直這麼告訴自己。

自己也不過就只是一個小護士，對於醫生或社工單位的決定，根本沒辦法改變。

丁侑心一直要自己不要想太多，一切都只不過是自己心理作用，醫生跟社工單位知道自己在幹嘛。

為了讓自己不要想太多，丁侑心還特別打電話回老家，告訴老爸自己明天會回去一趟。

讓自己回到鄉下，好好休息個一天，不要再想那麼多了。

可是，真的只能這樣嗎？

正準備回家的丁侑心突然停下腳步，轉過頭看著醫院大樓，心中卻有了另外一個聲音。

4

丁侑心的故鄉，是在台南的一個小村莊。

坐在通往故鄉的公車上，丁侑心的內心已經後悔萬分了。

自己也真的是太衝動了。

丁侑心的父親在這個小村莊裡面擔任里長，不過村子裡面的人還是習慣叫他村長，畢竟他們家打從三代之前就一直擔任村子裡面的村長，因此其他村民們還是習慣稱呼他為村長。

由於只有丁侑心這麼一個寶貝女兒，因此丁村長非常疼愛這個女兒。

當初丁侑心想要去台南市區的醫院當護士，丁村長非常不捨，一度想要阻止，但是拗不過女兒的堅持，最後也只能含淚送她離村。

昨天接到了電話，知道丁侑心要回來，村長喜出望外，還特別上市場買了很多丁侑心喜歡的菜，準備讓這個離家多時的女兒，可以好好飽餐一頓。

誰知道好不容易盼到了丁侑心回家，那張滿懷期待的臉卻在看到丁侑心的時候瞬間垮了下來。

因為這個自己的掌上明珠，這一次回來竟然不是隻身一人，而是帶著一個男人回來。

「這真的也太快了吧！」丁村長欲哭無淚：「妳離家才一年，竟然已經帶男人回來了？」

「唉唷，」丁侑心一臉不悅：「爸你在說什麼啦，不是你想的那樣啦。」

是的，這一次丁侑心回家確實帶了一個人一起回來，不過完全不是要帶男朋友回家給爸爸看。跟著丁侑心一起回來的人，不是別人，正是這些日子以來，丁侑心負責照顧的流星。

昨天在離開了醫院之後，丁侑心越想越難受，總覺得事情不應該這樣處理。因此在一時衝動之下，丁侑心回到醫院，趁著其他人不注意的時候，將流星帶離醫院，並且將他帶回家。

畢竟丁侑心的父親是村子裡面的里長，應該比丁侑心更有辦法可以妥善處理這件事情才對。

懷著這樣的想法，丁侑心才會這樣自作主張，將流星從醫院裡面帶出來，跟著她一起回到故鄉。

然而，一路上許多人對兩人投以異樣的眼光，加上流星三不五時有會讓人困擾的舉動，因此還沒回到家丁侑心就已經心生悔意。

不過此刻恐怕醫院那邊也已經察覺到流星的失蹤了，要回頭也已經來不及了。

因此丁侑心也只能硬著頭皮照著原定計畫，將流星帶回自己的故鄉，並且把情況告訴自己擔任里長的爸爸，看看他有沒有什麼比較好的辦法。

聽完丁侑心的話，丁村長沉著臉皺著眉頭，半天說不出話來。

由於長時間擔任里長的關係，所以丁家的客廳，三不五時都會有一些里民、鄉民聚集在這邊泡茶。

今天也不例外的有三個平常就跟丁村長很好的長輩，也在一起泡茶，當然也一起聽了丁侑心說了關於流星的情況。

「所以，」沉吟了一會之後，丁村長一臉為難地說：「妳是希望阿爸怎麼做，收留他嗎？女兒啊，妳該不會真的以為阿爸很有錢吧？妳這樣去當個護士，然後每個可憐的病人妳都帶回來，那我不就是開慈善機構的？」

丁村長這麼說，其他三個長輩也點了點頭表示認同。

畢竟如果女兒一看到可憐的病患就帶回家，那麼丁村長乾脆改開收容中心算了。

「當然不是要你收留他啦，」丁侑心也知道這有點強人所難，因此搖著頭說：「只是想要阿爸你幫忙想想看，有沒有什麼辦法，幫他找到比收容中心更好的地方。」

「這……」

丁村長感覺到為難，雖然可以理解自己女兒的想法，不過畢竟自己也不是專業，根本也不知道該怎麼樣才是真正對這個流星比較好的辦法。

「這種事情，有時候真的要量力而為啦。」其中一個長輩幫丁村長解套。

「嗯，」另外一個人點頭附和：「我們從小就看著妳長大，知道妳心地善良，不過就是缺少社會經驗。」

聽到大家這麼說，就連丁侑心都知道，自己真的是太衝動了。

其實大家說的話，丁侑心也想過了，不過就是那天實在是沒辦法接受，就這樣看著流星被送去不適當的收容中心。

可以想見的是，像流星這樣的狀況，連自己的前輩護士們，都被他惹到只差沒有海扁他一頓了，難以想像收容中心會讓大家怎麼對待。

「算了啦，」丁村長勸丁侑心：「把他帶回醫院吧，然後院長跟醫院那邊，阿爸會幫妳去道歉，他們不會怪罪的，畢竟妳也是為了病人好，不是嗎？」

聽到自己的父親都這麼說了，丁侑心知道這一切的確是自己太天真了，也太衝動了。

畢竟說到底，就連丁侑心自己也不知道該怎麼處理才是正確的，對流星來說是最好的。

因此，即便很不甘心，即便這一切到頭來都只是多此一舉，讓自己惹上無謂的麻煩，不過丁侑心還是低著頭，過了一會之後緩緩地點了點頭。

看到自己的寶貝女兒如此挫敗的模樣，讓丁村長很心疼，正準備過去安慰一下自己的女兒，這時原本坐在茶几旁，都沒有發表意見的老人家，突然開口了。

「不過在送回去之前，」那老人家說：「要不要先帶他去廟裡面看看？」

此話一出，在場的所有人都一臉訝異地看著那位開口的老人家。

畢竟這是哪壺不開提哪壺，類似這樣的情況找廟宇到底有什麼幫助嗎？

「現在是什麼情況？」丁村長垮下來臉說：「我知道我們的廟很有名，但是我不相信鄧廟公連這種症頭都可以處理。」

這個小小的村莊，要什麼沒什麼，就連一間便利商店，都到了最近這幾年才開了一間小小的在聯外道路的路口。不過如果真要說有什麼有名的，就是這裡有一間廟宇，雖然不至於到舉國聞名，不過附近幾個鄉里都有聽過，也算是近百年的古廟，小有名氣。

而丁村長口中所說的鄧廟公，就是現在廟宇的負責人。一家三代都是這間廟宇廟公的他，常常幫助村民解決一些問題，因此跟丁村長也算是熟識。

不過就像丁村長說的一樣，鄧廟公所處理的事情，都是一些跟民間信仰有關的東西，沒聽過他可以處理這種事情。

「我是說真的，」那老人家說：「剛剛聽她在講，我第一個想到的就是阿寬。」

「阿寬？」丁村長一臉疑惑。

「你們幾個都還年輕，」老人家說：「所以可能不太清楚，以前我們村裡面有個叫做阿寬的少年，也是跟他一樣阿達、阿達，連醫生也沒有辦法。鄧廟公他老爸，也就是前一個鄧廟公，看過之後就說那是因為阿寬小時候被鬼嚇到，那個蓋啊，頭上那個天靈蓋，跟開罐頭一樣打開了，合不起來，才會變成那樣。」

老人家說得津津有味，不時比手畫腳，講得就是一副煞有其事的樣子，讓眾人不禁頻頻點頭。不過不包括丁侑心，她皺著眉頭，似乎對這樣的說法不是很能認同的模樣。

雖然說丁侑心從小在這個村莊裡面長大，當然也知道村裡面的廟宇很有威望，尤其是鄧廟公一家，深得村裡面民眾的心，幾乎大家有什麼解決不了的事情，都會去廟裡面拜一下。不過對於這種民俗信仰，丁侑心當然不太相信，一直以來都把它當成一種習俗，從不認為他們可以真正解決什麼問題。

說穿了，就只是讓大家心安而已。

像流星這樣的狀況，丁侑心壓根兒沒有想到廟宇。

然而眾人之中，只有丁侑心不當一回事，甚至在丁侑心還來不及開口婉拒，自己的父親就已經率先開口。

「不然就帶去給鄧廟公看一下，」丁村長說著說著，看到丁侑心一臉不願意的表情，立刻接著說：「看一下也不會少一塊肉，乖啦，帶去給鄧廟公看一下。看過之後如果廟公沒有辦法，我們就把他送回醫院。」

於是就這樣，即便丁侑心有千百個不願意，還是帶著流星，往位於村莊外圍的那座廟宇而去。

當然此刻不管是誰都沒有想到，這竟然會徹底改變了鄧廟公與流星的命運。

第2章・生存之道

1

在丁侑心將流星帶回自己的故鄉三個多月後，這時候的曉潔剛放完了暑假，正式開始進入高三——

沒有人知道，丁侑心帶著流星去廟裡的那一個晚上，到底發生了什麼事情。

只知道，當丁侑心將情況告訴鄧廟公之後，鄧廟公本來嚴正拒絕，並且表示流星的狀況，並不是他所能處理的，也不是他所看過卡到陰或者是嚇到會有的狀況。

雖然婉拒了丁侑心，但是由於丁侑心需要在第二天，才能夠將流星帶回醫院，所以當晚，丁村長拜託了鄧廟公可以讓流星暫住一晚。

雖然鄧廟公不是很願意，不過最後還是讓流星暫住了一晚。

「就一晚喔，」鄧廟公答應之前還特別再三強調：「明天就一定要來帶他離開喔。」

從這裡就可以聽得出鄧廟公對流星的嫌棄。

誰知道，一個晚上過後，第二天當丁侑心要去接流星回醫院的時候，鄧廟公的態度有了改變。

雖然臉色不是很好看，不過鄧廟公表示，自己願意收留流星。

這當然讓原本感覺到絕望的丁侑心喜出望外，因為至少鄧廟公知道流星的狀況，而且在這個自己的故鄉裡面，相信流星絕對會過得比收容中心還要好。

雖然對於鄧廟公為什麼會改變主意，丁侑心也感覺到好奇，不過既然人家都願意收留流星了，丁侑心自然也懂得知難而退，不要太過於深入，以免鄧廟公改變心意。

就這樣，流星正式在鄧廟公的廟宇裡面住了下來。

鄧廟公叫做鄧秉天，是這座廟宇的第四代廟公，這座廟宇坐落在這個村莊已經將近百年，而鄧家人一直都是這座廟宇裡面的負責人。

從鄧秉天的曾祖父開始，鄧家人一直都維持著獨子單傳，每一代都剛好一個男丁。雖然每一代的男丁，幾乎都會離鄉外出去打拚，不過最後卻都回到故鄉來接任廟公的工作。

即便是鄧秉天也不例外，事實上，鄧秉天曾經一度度過他人生的低潮，讓鄉里之間的人們都覺得這座廟宇可能就到鄧秉天的父親那一代，就要失傳了。

不過最後鄧秉天還是繼承了廟宇，這也讓鄉民們感到欣慰。

早在鄧秉天繼承廟宇之前，鄧秉天的祖父與父親，就已經是備受鄉民信賴的好廟公。

尤其是鄧秉天的父親，更是所有鄉民讚不絕口的大英雄。

然而，雖然鄧秉天沒有像自己的父親那樣偉大，有任何值得人歌頌的事蹟，不過這一次，鄧廟公收留了流星，也成為了一段佳話，所有鄉民都大讚鄧廟公的善行。

雖然說鄧家一連數代單傳，每一代都剛好有個男丁，並且繼承家業，不過這個傳統勢必會在這一代結束。

因為鄧廟公與他車禍身亡的妻子之間，只留下一個女兒，鄧玟珊。

就這樣，流星跟鄧廟公以及他的女兒鄧玟珊三人，開始了在廟裡面生活的歲月。

只是，在這座廟宇生活之後，流星的名字不再是流星，而是阿皓……俚語「皓呆」的皓。

宛如流星般墜落在台南的男子，就這樣在這座廟宇之中生活，過了三個月的時間。

2

「阿皓——」

鄧秉天憤怒的怒號傳入鄧玟珊的耳中，讓她嚇一跳，原本對著化妝鏡在搽著口紅的她，也因為這樣一整個手滑搽歪，在臉上留下一條線。

鄧玟珊沒好氣地掏張衛生紙，白了外面一眼之後，將臉上塗到的口紅拭去。

或許留在這座廟宇之中，對流星來說，可能比較好一點，不過情況並沒有跟當時在醫院的時候有太大的差別。

從外面的聲音聽起來，就可以大概猜想到，應該是阿皓又不知道闖了什麼禍，才會讓鄧秉天又再度發出熟悉的怒號。

玟珊擦掉臉上留下的口紅之後，站起身來，走出房間，朝著廟宇的前半部而去。

這座廟宇還算遼闊，從外牆進來之後，會進入四面長廊的前庭，前庭中央有個香爐。由於外牆四周都是樹林，有些甚至長到前庭的上方，因此前庭常常有落葉。落葉的量大一點的話，只要一天沒有掃，可能就會看起來好像荒廢已久一樣。

前庭過去之後，有兩根蟠龍柱，四平八穩地佇立在正殿前方。雖然是座百年古廟，但是比起其他豪華的大型廟宇來說，這裡唯一稱得上豪華的地方，就只有這兩根柱子了。

正殿的兩側，有可以通往廟宇後方的走廊，一般來說，就是廟方工作人員生活的地方，走廊會牽上一條繩子，並且掛上遊客止步的牌子，不過由於現在不是什麼活動的時間，加上這裡是鄉下地方，平常也沒什麼遊客，所以沒有將繩子牽上，省得麻煩。

玟珊從房間出來後，轉向前庭，一走出走廊，立刻就看到了自己的父親鄧秉天與阿皓站在中庭香爐的旁邊。

鄧秉天一臉憤怒，一把抓著阿皓，看起來就好像要海扁阿皓一頓的模樣。阿皓則是任憑秉天抓著，沒有半點反抗，臉上的表情是萬年不變，一臉癡呆看著前方，連看都沒看著秉天。

地上有一堆被掃在一起的樹葉，但是整堆看起來就像是被人破壞過，有一大半的樹葉又散亂在一旁。

光是看一眼，玟珊就大概猜到事情的情況了。

不過一看到玟珊，鄧秉天還是立刻開始抱怨。

「阿珊，妳自己看！」鄧秉天用手比了比地上散亂不堪的樹葉吼道：「這塊皓……把我好不容易掃好的葉子，一腳就踢亂了。」

玟珊白著眼，雖然很想回這有什麼大不了的，不過說實在的，每次阿皓被罵，不都是這些瑣事嗎？

「這有什麼好吵的？」玟珊冷冷地說：「再把它掃起來不就好了。」

玟珊說完，將地上的掃把拿起來，順手掃了幾下，一下子就把樹葉又集中成一團。

「不是只有這樣，」秉天放開了阿皓，接著繼續抱怨：「這已經是第幾次了？剛剛我為什麼掃一半就離開，還不是因為阿皓把飲水機弄倒了。才剛去處理完那邊，回來他又把這邊弄倒。搞清楚耶，我可不是他的爸爸，我沒有那個義務要處理他這堆爛攤子。」

「當初是你自己說願意收留他，」玟珊一臉不悅地說：「既然答應了，就應該好好對他，把他當成自己的家人一樣，不然你當初幹嘛答應？」

「這……」鄧秉天一臉有苦難言，掙扎了一會才說：「當然是村長千拜託、萬拜託，我才勉為其難的答應，如果早知道他是這樣，砍死我，我都不會答應。」

這一直都是鄧秉天的「官方說法」。

然而事實上在丁侑心將阿皓帶來廟宇的那一天，玟珊並不在家。

等到玟珊回來之後，突然看到家裡多了一個人。

一開始玟珊當然很不習慣，不過在聽完秉天轉述完阿皓的情況之下，生性善良的玟珊，當然也不在意家裡多了一個人。

雖然一開始感覺有點怪，不過實際相處過後，似乎也沒有什麼困擾，雖然說阿皓常常都會打翻或弄壞東西，不過知道了他的情況，玟珊也知道阿皓不是故意的。

可是鄧秉天就沒有那麼多包容與豁達了，每次只要阿皓闖禍，總免不了一頓臭罵，往往都是玟珊出面，秉天才不甘不願地放過阿皓一馬。

阿皓雖然呈現癡呆的狀況，不過或許也感覺得到這點差別。

因此每次只要玟珊去工作或者是外出，阿皓都會在前庭，就好像一隻忠心的狗兒，等待著主人回歸一樣。而當玟珊回來，阿皓總是會跟在玟珊的身後。不過當玟珊進房間，阿皓也會乖乖站在房間外面，除非玟珊將他帶進房間裡，不然阿皓不會擅自闖進去。對於這點，就連玟珊都覺得不可思議。

樣。

因此玟珊很喜歡阿皓，也很維護著阿皓，對阿皓真的就好像家裡養的一個寵物一樣。

不過鄧秉天對阿皓的態度，卻是一如往常的惡劣，而這也導致父女倆最近常常為了阿皓的事情而爭執不休。

「說得好像很委屈一樣，」玟珊白了秉天一眼說：「平常被人家稱讚，或者是算香油錢的時候，怎麼沒聽你抱怨過？」

「妳這話什麼意思？」秉天瞪著玟珊。

「沒什麼意思，」玟珊冷冷地說：「只是你在外面因為收留阿皓讓那麼多人稱讚，許多村民也因為這樣，多給了的香油錢，收的時候也沒聽到你有意見，光是這些，你至少可以對阿皓好一點吧？」

「我對他不好？我對他這樣還不好嗎？」

秉天氣呼呼地過去想要抓阿皓過來問清楚，但是無奈卻被玟珊擋在前面。

「你自己問他！」抓不到人的秉天只能用手指比著阿皓叫道：

「我對他好不好！」

「他最好會回答你啦。」玟珊抗議。

就在兩人爭執不休的時候，身後的大門傳來了幾聲咳嗽聲，打斷了兩人吹鬍子瞪眼睛的狀態。

兩人一起轉向大門，只見丁村長帶著幾個長輩，出現在門外。

當然丁村長等人的來訪，讓這場不知道第幾次為阿皓起的衝突畫下了短暫的休止符。

玟珊了解自己的父親，生性非常好面子，因此也不想要在村民之前讓自己的爸爸難看。

玟珊牽著阿皓，朝走廊走過去。

丁村長帶著眾人來到了秉天身邊。

「哎呀，」丁村長笑著說：「看到阿皓就安心了，鄧師父你知道我那個女兒，每次打電話回來就要問他的狀況，真搞不懂到底誰才是她老爸。」

「唉，」秉天也攤著手、苦笑著說：「我也一樣啊，我現在連大聲一點跟他說話，都可以被小珊罵一頓。真搞不清楚到底是他是廟公還是我是廟公，這不真的是乞丐趕廟公嗎？」

聽到鄧廟公這麼說，村民們都很捧場地笑了。

兩人寒暄了一陣子之後，鄧廟公就領著眾人，一起到旁邊的辦公室裡面。

當然對於眾人的來訪，鄧秉天與玟珊都知道原因。

因為又到了一年一度廟會活動的時間了。

由於鄉下的小廟人手不足，充其量就算連阿皓也算上去不過只有三人，所以要舉辦這樣的活動，難免會需要村民們的協助。

雖然地屬偏鄉，廟宇也不大，但是對純樸鄉民眾多的村莊來說，舉辦這些謝天活動可是一點也不含糊。

畢竟活動的意義除了要表達對上天的謝意之外，也祈禱明年一年的平安順利。因此就心意來說，可是一點也不馬虎。

每年到了這個時節，整個村莊還組織起來，跟政府單位常常為了個案而成立的專案小組一樣，專門就是要處理廟會活動。

兩位總幹事當然就是負責整個活動的丁村長與鄧廟公。

尤其是這一次的廟會，備受村民們期待，原因是去年有幾位老人家因病去世，而幾次的颱風都為村子帶來了不大不小一些損傷。

因此今年有人提議，希望廟會的活動可以加碼，讓整個活動更熱鬧，一掃去年的陰霾。

所以今天丁村長還特別帶來鄰村的幾個廟公，希望大家可以聯合起來，讓這次的廟會活動可以聯合舉辦。

這正是丁村長與其他人會出現在這間小廟的原因。

而在其他人跟著自己的爸爸一起到辦公室裡面商討今年的活動事宜時，玟珊帶著阿皓到了自己的房間。

雖然廟會活動的時候，玟珊都會幫忙，但是類似這樣的開會她一向不太會參加。畢竟裡面的都是長輩，尤其是現在她還在氣自己的爸爸，總是對阿皓沒有耐心，當然完全不想參加。

玟珊不懂，阿皓又不是故意的，為什麼阿爸就是一定要跟他過不去。玟珊跟丁侑心一樣，經過這些日子的相處，非常清楚阿皓不太可能是裝病的，因此非常不能諒解自己的父親對阿皓缺乏耐心。

當然，至今玟珊也沒見過像是阿皓清醒的狀況就是了。

回到房裡，阿皓被牽到化妝椅上坐著。

「坐這裡。」玟珊下達了這個指令。

阿皓雙眼無神，看著前方，但是卻照著玟珊所說，坐在椅子上完全沒有任何動作。阿皓很聽玟珊的話，至少從這點看起來，基本的聽話能力阿皓還是有的。

看阿皓坐定之後，玟珊拿起了化妝盒，坐在床邊，繼續剛剛未完成的工作。本來已經快完成了，誰知道那歪掉的唇膏，害自己有半邊幾乎都得要重來。

「唉，」玟珊一邊化著妝，一邊說：「死阿爸，阿皓你又不是故意的，幹嘛老是找你麻煩。」

由於阿皓沒有辦法回應，因此這段時間以來，與其說玟珊是在對阿皓說話，不如說是自言自語比較實在一點，因此對阿皓說的話，有時候就會變成這樣，感覺像是自言自語的成分混雜在裡面。

「本來想要早點出門，」玟珊接著說：「改搭另外一班公車的，因為我不想要經過檳榔攤，你知道我真的覺得阿彬……越來越難應付了。」

阿彬是個在公車站牌旁檳榔攤工作的青年，跟玟珊算是從小一起長大的朋友，不過這個朋友最近似乎有意思要靠近玟珊，讓玟珊感覺有點困擾，畢竟對玟珊來說，他只是個小學到國中的同學與朋友，如此而已。

這些最近挺困擾玟珊，因此玟珊也常常將這些心裡的想法跟阿皓說，當作是一種宣洩。

「我是很想跟他說清楚，」玟珊一臉不解地說道：「可是他又沒有告白，我突然過去跟他說：『對不起喔，我對你沒有意思。』這樣不是很不要臉嗎？」

玟珊說到這裡，仰起了頭嘆了口氣。

「我還是搞不懂，為什麼有人會喜歡搞曖昧？不覺得這樣很困擾嗎？」

當然，乖乖坐在椅子上的阿皓，不會有任何回應，仍然看著前方，雙眼無神。

看著這樣的阿皓，玟珊覺得自己的氣都消了一半了，更加不能理解為什麼阿爸會看阿皓那麼不順眼。

畢竟阿皓長得並不討人厭，如果不是雙眼無神，總是一臉呆呆的模樣，稍加打扮一下，應該也會是個帥哥，說不定會迷倒不少女孩子。

想到這裡，玟珊用手擋住阿皓的眼睛，光看臉的下半部，的確看得出一點帥哥的輪廓。

這讓玟珊得意地笑了出來，對自己的眼光很讚賞地點了點頭。

「村子裡面的人，」玟珊收拾起笑容，一臉無奈地說：「每次說到阿爸都是讚不絕口，每個人都說妳阿爸很好啊，心地很善良，願意收留一個阿呆。哼！」

玟珊一臉嫌棄地哼了一聲。

「還有啊，」玟珊接著抱怨：「每次大家遇到事情，都會找我阿爸商量，這不是跟鬼拿藥單嗎？阿爸根本都不會，去年有很多村子裡面的長輩往生，請阿爸去，阿爸什麼東西都不知道，還跟我借電腦上網查，臨時抱佛腳。真敢！都不怕被人抓包。上次我就問他，你這樣不會對不起良心嗎？他都嘴硬，說什麼他不是不會。他是時間太久忘記了，查資料只是謹慎，假鬼假怪的樣子真的是讓人受不了。」

玟珊看著阿皓，阿皓還是一如往常，沒有半點反應，愣愣地看著前方。

看到這樣的阿皓，又讓玟珊笑了笑。

從生活的瑣事，到換工作這類人生抉擇，這幾個月以來，玟珊已經非常習慣對著毫無反應的阿皓傾吐。

有些人有布娃娃、玩偶，甚至有人跟寵物說話，甚至是枕頭。

而玟珊有的卻是一個不會抵抗，不會回嘴，只會靜靜聆聽的男子。

不過玟珊不知道的是，雖然阿皓現在是這樣的狀態，但是所有器官的功能，卻仍然正常運作著。

不管是耳朵還是腦袋負責記憶的部分，都還是正常運轉著。

這正是當時經過檢查之後，所有醫生與社工們都會認為阿皓是裝病的主要原因。因為就各種檢查來說，所有的一切器官都正常運作。

這些玟珊都不是很清楚，當然她更不知道的是自己的這些抱怨，都停留在阿皓的腦袋之中靜靜等待著，那個沉睡在阿皓體內的靈魂甦醒。

3

玟珊打扮好，牽著阿皓離開了房間，要阿皓乖乖待在後面等他們開會結束之後，走到走廊，準備出門。

剛走到前面的辦公室前，剛好就遇到了丁村長帶著其他人正準備離開。

「好的，」丁村長對送行的鄧秉天說：「那麼就照我們剛剛說的那樣，我請他們也一起準備。」

跟著村長一起拜訪鄧秉天的其中一個人，是隔壁村的廟公。

「其實鄧廟公的名聲，」那廟公對秉天說：「就連我們村子裡面的人都有聽說，今天見面果然名不虛傳，這一次可以跟鄧廟公合作，真的是讓人期待。」

聽到那廟公這麼說，玟珊的白眼都快要翻到後腦勺了。

不過其他人可不這麼認為，一時之間變成了吹捧大會，一人一句讚美著鄧廟公。

這一次的聯合舉辦廟會活動，對隔壁村子來說，也是一種嘗試。

聯合起幾家廟宇一起舉辦這個廟會活動，可以算是一種試金石，如果這次辦得不錯，那麼未來就可以繼續以這種聯合舉辦的模式，將廟會活動擴大，誰知道？說不定未來還可以吸引到觀光客前來觀光，為這些小村子帶入一點活力也說不定。

因此對於這次的活動，從丁村長開始，大家都引頸期盼，可以有個很好的結果。

鄧秉天將大家送到大門口，再三客套了幾句之後，眾人才先行離開。

鄧秉天關好大門，一回頭就看到鄧玟珊站在辦公室門口，一臉不以為然的模樣。

「我不想再討論剛剛的事情。」鄧秉天走到玟珊身邊冷冷地說。

「我也不想，」玟珊冷冷地回：「只要你名符其實地做到你跟他們口中說的一樣好，我就不會有任何意見。」

面對玟珊語帶諷刺，秉天也不甘示弱，本來要走進去辦公室的腳步也停了下來。

「妳以為我不知道妳在想什麼嗎？」秉天說。

「想什麼？」玟珊面無表情地說。

鄧秉天從辦公室門外的台子上，拿起了一張卡片，舉了起來。

玟珊定睛看了一眼之後，沉下了臉：「那是我的信。」

「別冤枉我，它沒有信封，」鄧秉天將卡片轉到後面，後面的確寫著地址，看起來就好像是明信片：「所以我整理信的時候自然就看到了。」

聽到鄧秉天這麼說，玟珊本來要抗議的話語全吞回肚子裡。

「這是什麼？」秉天將卡片拿到眼前瞄了一眼：「……靈學研究課程？妳有沒有想過，這樣其他村民會怎麼想？」

「怎麼想？」玟珊冷冷地說。

「一個廟公的女兒，竟然還要去別的地方學什麼靈學研究課程？」鄧秉天冷哼了一聲說：「為什麼廟公的女兒要去外面學，這不是等於說妳阿爸我沒有真材實料？」

「你有嗎？」玟珊一臉不屑：「……不學無術。既然要繼承阿公，為什麼你不好好去學習呢？」

「因為不需要啊，」秉天臉上突然浮現出無賴的表情：「妳太年輕了，社會有很多事情，跟妳想的不一樣。……不是人人都適合走這條路。我就不會要求妳繼承這座廟。」

「聽起來不只像藉口，更像詐騙集團。」

「這不是騙人，」秉天瞪著玟珊：「而是生存之道。妳以為我們這是什麼大廟？

我們不是什麼八寶山的什麼大廟。我們是地方的小廟，小廟就有屬於小廟的生存之道。」

「什麼生存之道，」玟珊不以為然：「詐欺之道吧？我不想吵了，我還要趕著去面試。」

玟珊說完一把將秉天手上的卡片奪了過來，然後轉身朝大門走去。

臨行前，玟珊將卡片舉起來說：「至少，我們家要有一個人，會一點東西，這就是它會在這裡的原因。」

玟珊說完之後，頭也不回地走出大門。

看著玟珊的背影，秉天痛苦地閉上雙眼。

有頭髮誰會想要禿頭？有帝寶可以住，誰還要住鐵皮屋呢？能夠成為才高八斗的高師祖，誰想要當個不學無術的廟公？一切……都是天注定的，至少對鄧秉天來說，就是這樣。

不過這一切，玟珊都不知道。

秉天曾經試過，他真的試過，這些玟珊更不可能知道。因為鄧秉天從來沒把這座廟宇的過去，以及玟珊阿公真正被村民們稱為英雄背後的故事，告訴玟珊。

基於愛女心切，更是基於這段回憶不堪回首，鄧秉天選擇沉默。

所以，鄧秉天從來不曾提及那段不堪的往事……

第3章・人生

1

如果把現在當成一個點，那麼人生就是一條線。

就像歐美俗諺所說，如果人生是條公路，那麼靈魂就是公路上行駛的車輛。

曾經被欺騙、背叛的人，未來的日子裡多半都會在信任他人方面有些許的障礙。

過去的經歷，造就了現在，不管對任何人來說，都是這樣。

對鄧秉天來說，更是如此。

——三十多年前，夏季的一個夜晚。

沉靜的夜裡，遠處的蟲鳴是夜晚唯一的聲響。

廟宇的前庭，鄧舒麟穿著一身馬褂長袍，額頭抹紅，下巴掛上了長鬚，低著頭不發一語，佇立在那裡。

鄧舒麟閉著雙眼，規律地呼吸，聆聽著遠處傳來的蟲鳴，調整著自己的心情。

最近的鄰里之間，有許多不祥的事情發生，由於正逢鬼月，導致鄰里的鄉民們極度不安，希望鄧廟公可以處理一下。

於是，鄧舒麟決定做場法事，跳場鍾馗，來平息這股不安的情緒。

在一切祭拜妥當之後，鄧舒麟要前來幫忙的鄉里民們，全部離開並且今晚都不要再來廟宇這邊。就連鄧舒麟自己的妻小也被交代絕對要待在後面的寢室之中，絕對不准出來。

因為跳鍾馗不適合觀賞，更不適合被打擾。

在確定妻小都在寢室裡面待著，鄉民們也離開之後，鄧舒麟一個人孤立於前院，調整自己的氣息之後，抬起了腳步，開始了跳鍾馗的儀式。

鄧舒麟年輕的時候，曾經跟著戲班擔任幕後的工作人員。這個跳鍾馗的技法，就是從戲班學來的。當年戲班要開台唱戲之前，都會由戲班班主跳鍾馗，來驅邪避凶。

後來戲班解散，回到家鄉並且繼承這座廟宇之後，他不是什麼道士，自然也有很多東西不是很懂，不過跳鍾馗這戲法可是一點也不馬虎，雖然不是正規向道士學來的，不過還是很講究，也在過去幾次比較不順遂的年間，應鄉里村民的要求，跳過幾次，也都跳得很順利，沒什麼大問題。

今晚，在鄉民們的不安情緒下，鄧舒麟又決定再跳一次鍾馗。

原本應該跟過去一樣，順順利利沒什麼問題，可是今晚，才剛踏出第一步，鄧舒麟就覺得有點不對勁。

是身體不舒服嗎？

才剛踏出第一步，頭就覺得有點暈暈的。

原本還以為自己只是身體有點微恙，因此不以為意的鄧舒麟，繼續踏出腳步。

然而頭暈的情況非但沒有減緩，反而還越來越嚴重。

一連踏出幾步，頭暈目眩的情況幾乎快要讓鄧舒麟站不穩了。

雖然是跟戲班學習的跳鍾馗，不過相關的一些規矩與禁忌，班主當初也跟鄧舒麟說得很清楚。

一旦開始跳鍾馗，就不應該被打擾，也不應該突然就中斷不跳。

只要一開了頭，就必須跳完。

因此即便身體突然覺得有點不舒服，還是需要跳完，這點鄧舒麟非常清楚。

糟糕。

鄧舒麟的內心暗叫不妙，這是他跳鍾馗從來不曾遇到的情況。

腳步紊亂也就算了，就連呼吸都開始有點不順，感覺就好像有人掐住自己的脖子一樣。

在這樣的情況之下，鄧舒麟急著想要快點撐完整個流程，於是趕緊踏下自己的腳步。

這一勉強之下，不但讓鄧舒麟整個人失去了平衡，更讓自己的腳步整個踏錯，整個人瞬間愣在原地。

這是過去從來不曾發生過的情況，因此剎那之間，鄧舒麟有點愣了，不知道自己接下來到底該怎麼辦才好。

這一踏錯，整個戲便僵在那邊，就連鄧舒麟整個人也都卡在那邊動彈不得，因為他根本不知道該怎麼收場，滿腦子都是當初教他跳鍾馗的班主，告誡過他如果像這樣亂踏會出什麼樣的亂子。

而也是在這個當下，自己踏錯了腳步的同時，不知道是不是太恐懼，還是因為剛剛打從一開始就是被某些看不見的力量所影響，那些原本干擾著鄧舒麟的身體不適，瞬間也全部消失了。

可是即便如此，鄧舒麟根本不知道接下來該怎麼辦才好。

一般來說，如果遇到這種情況，在操作鍾馗戲偶之際，還有一兩種可以應對的方式，讓施法的道士或法師可以勉強全身而退。

這正是為什麼幾乎清一色所有鍾馗派的道士，在跳鍾馗的時候都會以戲偶來跳，於是勤練操偶技巧。

就是因為，一旦自己粉墨登場扮鍾馗，遇到了真正沒辦法的情況，幾乎可以說是沒有任何應變之道。

鄧舒麟非常清楚，這戲唱到這裡已經徹底僵住了，只要自己一抬腳重整自己的姿勢，那麼戲就算破了。

可是該如何從這樣詭異的站姿，將這場僵住的戲接回來，鄧舒麟也不知道。

逃？逃得掉嗎？

鄧舒麟腦海裡面浮現出這樣的想法，不過立刻被自己打槍了。

畢竟在鍾馗祖師的面前，自己都已經如此難堪了，一旦破戲，鍾馗祖師不在，自己哪裡還有半點勝算，真的是想逃也逃不掉。

只要撐下去、不破戲，自己就能多活一秒，但是也只有這樣而已。

到底該怎麼辦呢？

鄧舒麟急到都快要哭出來了。

雖然不曾經歷過這樣的情況，不過從當年班主的口中得知，一旦破戲，自己說不定當場就死了。就算當場不死，恐怕也活不過三日。

維持著詭異的姿勢，不敢亂動深怕破戲的鄧舒麟，完全沒有半點辦法可以想。

因為這已經超過當初他所學的跳鍾馗所能面對的情況。

後悔與不甘願的心情，浮現在鄧舒麟的心中。

就好像正要步上刑場之路的死刑犯般，鄧舒麟知道自己可能已經沒有任何存活下來的希望，可是又不願意就這樣放棄。

就這樣僵在原地，這樣的狀況不知道維持了多久。

在鄧舒麟感覺已經快要過了一個晚上了，都快要天亮了。

如果再這樣下去，等到天亮，萬一有人闖進來，到時候就不是只有自己一個人死而已，就連那個闖進來的人都有可能慘遭不測。

這點鄧舒麟當然非常清楚。

因為過去在戲班的時候，就有發生過這麼一次情況。

班主在跳鍾馗，大門緊閉，並且有幾個班頭在那邊守著大門，不准任何人進入。

這就是戲班自古傳承下來的規矩。

一旦班主開始跳鍾馗，大門一閉、三日不啟，能夠開門的，只有在裡面跳鍾馗的人而已，不然就是三天之後才能開啟。

因為人不喝水不吃飯，戲不可能撐三天，一旦到了第三天，肯定已經出過事了。

出事的當下，如果還有別人在，可能會連那些無辜的人也被捲入。

因此要等三天，等那些憤怒的怨靈散去，才能開門入內。

跳鍾馗失敗，下場就是死。

鄧舒麟知道自己該怎麼做，但是就是沒辦法，讓自己恢復姿勢，主動破戲。

就這樣一直僵持下去，然後……

2

「不管聽到任何聲音，不管發生任何事情，都不要開門，也不要離開房間，一直到我回來為止，知道嗎？」

鄧舒麟在跳鍾馗開始之前，這麼告訴自己的妻子潘寧樺。

這並不是鄧舒麟第一次跳鍾馗，因此潘寧樺點了點頭之後，便帶著孩子，待在廟宇後方的寢室之中。

……乾脆睡覺好了。

由於跳鍾馗需要一點時間，在寢室裡面沒有什麼事情可以做的潘寧樺，與孩子兩人一起躺在床上。

雖然說想要一睡到天亮，可是擔心的心情，卻讓潘寧樺難以入眠。

一旁的孩子發出了微微的鼾聲，本想孩子睡了之後，自己也可以小睡一下，可是卻怎麼樣也睡不著。

今晚的跳鍾馗跟以往似乎不太一樣，意識到這點的潘寧樺，也了解到自己一直心神不寧的原因。

外面不時傳來詭異的聲音，有時像是有人在窗邊低喃，有時又好像是有人在門前徘徊。

不過每當潘寧樺定神下來聆聽或者是看個清楚時，那些身影與低喃都消失得無影無蹤。

一切就好像只是自己內心作祟，這些情況並不是真實存在的。

雖然這樣安慰著自己，不過緊張與不安的情緒卻沒有好轉，感覺就好像草木皆兵一樣。

潘寧樺從來不曾有如此不安的感覺，也從來不曾如此害怕，她希望丈夫可以趕快打開那扇門，然後跟過往一樣，告訴自己一切都解決了。

就在潘寧樺這麼想的同時，外面突然傳來了一陣淒厲的叫聲。

「救命啊！」雖然聲音尖銳又急迫，但是潘寧樺一聽就立刻認出這是自己丈夫鄧舒麟的聲音。

突然傳來的求救聲，讓潘寧樺整個人的不安完全爆發開來。

該怎麼辦？

丈夫先前的話，浮現在自己的腦海之中。

不管發生什麼、聽到什麼，都絕對不要開門。

丈夫所說的事情，就是現在這個嗎？

這也太奇怪了吧？

如果自己交代過這樣的事情，為什麼現在又要求救呢？

該不會遇到什麼意想不到的事情吧？

到底是怎麼回事呢？

自己該不該出去看看？

潘寧樺陷入天人交戰中，一方面覺得自己應該繼續守在房間裡面，等待自己的老公回來，另一方面又覺得自己該出去看個明白。

潘寧樺在房內踱步，不知道自己該怎麼辦才好，走到床邊一低頭就看到自己的兒子。

看到了兩人愛的結晶，正一臉舒服的沉睡著，一種為母則強的心情瞬間湧現。為了這個小孩，潘寧樺可以鼓起勇氣，可以對抗一切。

也正因為這樣，潘寧樺也做出了決定，不管是為了自己的丈夫也好，不管是為了小孩也好，她都要出去看看。

畢竟自己的老公應該很清楚他跟自己說過什麼，所以不應該會這樣求救，換言之，現在的他肯定遇到了難以預料的情況，說不定也有真的需要自己幫忙的地方，所以自己說什麼也該出去看看。

當然潘寧樺不了解的地方是，同樣的想法倒過來也是合理的，就是因為自己講過這樣的話，所以如果要求救，應該會用不一樣的方法才對。

不過類似這樣的盲點，在當下根本不可能發現，這或許就是所謂的「當局者迷，旁觀者清」吧。

潘寧樺決定出去看看，於是走到門邊，將門打了開來。

一踏出門，立刻感覺到不對勁的地方。

明明什麼都沒有看到，但是卻感覺好像有人從身邊跑過去，並且朝廟宇前面的廣場而去。

這種感覺非常詭異，讓潘寧樺不禁開始懷疑，自己決定出來會不會是個嚴重的錯誤。

雖然說有了這樣的想法，不過潘寧樺知道自己已經踏出門外，沒有什麼退路了。

關上自己身後的門，跟著那詭異的感覺，潘寧樺朝著前面而去。

穿過了走廊之後，前面就是廟宇的前庭，潘寧樺小心翼翼地貼著牆，畢竟面對的是完全未知的情況，所以潘寧樺打算先偷窺一下前庭的情況。

潘寧樺靠在牆邊，偷偷地探出了頭，偷看了一眼前庭。

原本還想說，看一眼大概就可以了解到到底是什麼情況，可是這一看非但沒有讓潘寧樺明白，反而越看越疑惑。

這到底是怎麼回事啊？

只見鄧舒麟就站在前庭中央的祭壇之前，然後以極度不穩的姿勢，站立在那裡，完全沒有動作。

整座廟宇靜悄悄，除了鄧舒麟之外，沒有半個人影。

鄧舒麟的身體向左後傾，雙腳交叉，以半蹲的姿勢站立著，看起來就好像踉蹌到一半僵住。

當然，人生誰沒有踉蹌過，問題是不管是誰，踉蹌之後第一件事情，就是趕快站穩，可是鄧舒麟卻是維持著那樣詭異的姿勢，好像快要跌倒一樣，歪歪斜斜地，定在那邊。

就好像被人點了穴，還是時間完全暫停了一樣。

這到底是怎麼回事？

為什麼自己的丈夫會擺出這樣的姿勢，然後定在那邊？

潘寧樺觀察了一會，也沒看到任何其他人。

這種詭異的情況，讓潘寧樺心中恐懼與不安，到達了頂點。

再也壓抑不住心中不安與恐懼的她，張開了嘴。

「……老公？」由於擔心自己視線的死角還躲著其他人，潘寧樺盡可能壓低聲音，試圖用只有自己丈夫可以聽得到的音量，呼喚著自己的老公。

誰知道這一句輕聲地叫喚，彷彿是空氣砲般，打中了定在那邊的鄧舒麟。

原本彷彿被點穴的鄧舒麟，瞬間身體震了一下，原本就不是站得很穩的他，身體一晃，腳步向內一縮，直立了起來，姿勢也不再是剛才那詭異的模樣。

可是站穩的鄧舒麟，卻沒有立刻動作，反而是愣在原地一會之後，才緩緩回過頭來，看著自己的老婆。

鄧舒麟的眼神與表情，卻瞬間讓潘寧樺了解到，自己可能已經犯下了天大的錯誤。

雖然早就知道，自己已經注定要破戲，這場跳鍾馗絕對不可能善終了。

不過鄧舒麟卻一直在做著垂死的掙扎，說什麼都不願意主動破戲，就一直僵在那裡。

畢竟鄧舒麟非常清楚，這腳一收，身子一挺，代價就是自己的命。

因此鄧舒麟一直沒辦法下定決心，結束自己生命。

雖然他也知道，這樣下去不是辦法，自己很可能只是白白增加自己妻小死傷的機會，不過不到最後的時刻，他還是不願意就這樣放棄。

之所以跳鍾馗的傳統是不給其他人旁觀，除了本身帶有煞氣之外，還有另外一個原因就是現場很可能發生很多不可預測的情況。

由於跳鍾馗這場戲，本身就是假扮鍾馗祖師，用來跟鬼魂們談判與威嚇之用。

然而在跳鍾馗的過程之中，總有些疑心病比較重，或者比較不容易相信的鬼魂，會用各種手段來破壞這場談判。

如果這時候四周有人圍觀，難保這些圍觀的人，不會被這些鬼魂利用。

所以清場禁止圍觀一直都是跳鍾馗的基本，就是為了防止類似這樣的情況發生。

如果早知道，自己無謂的掙扎，會賠上自己老婆的性命，鄧舒麟早就抬腳破戲了。

然而千金難買早知道，聽到自己妻子的呼喚，鄧舒麟知道自己現在不管如何後悔，都已經來不及了。

鄧舒麟先是以這輩子最為震驚的神情，凝視著自己的妻子。

腦海裡面閃過去的先是：「為什麼妳沒聽我的話，留在房間裡面呢？」然後瞬間又變成了：「為什麼我不早點放棄，防止這一切發生呢？」

現在一切都太遲了。

有了這樣的覺悟，讓鄧舒麟慘然一笑，然後沉痛地閉上了雙眼。

他不怪他老婆，一切都是他技不如人，就算他老婆沒出來，他也很懷疑自己有辦法活下來。

只是遺憾的是，如果剛剛自己早早放棄，就這樣被惡鬼帶走，或許就可以保住一家子的平安。

閉上雙眼的同時，耳邊呼嘯而過的，是彷彿隔著一道牆傳來的訕笑之聲。

就好像是在取笑著自己的軟弱，害得現在老婆得要跟著自己陪葬。

兩天後，鄧舒麟被人發現，與自己的妻子橫死在自家廟宇後面的寢室之中。

死狀之慘，讓人不忍卒睹。

這就是跳鍾馗失敗之後的下場。

每一場跳鍾馗，幾乎都是這樣，不是成功，就是身亡。

3

——距今十多年前。

台南頑固廟東南方二十公里處，一座小廟宇。

辦公室裡面一個中年男子，臉色凝重地看著眼前低著頭的男子。

這個中年男子姓施，是這座廟宇的負責人與道士，而眼前這個低著頭的男子是他入門一年的弟子，叫做鄧秉天。

已經一年的時間過去了，現在似乎已經到了做抉擇的時候了。

因此施道長在今天，將鄧秉天叫到辦公室裡面，準備將自己最後不得不做出的決定，告訴鄧秉天。

「你了解了嗎？」施道長沉著臉說：「這樣下去……也只是浪費時間而已。」

鄧秉天非常清楚，低著頭不發一語，一臉慚愧的模樣。

「秉天啊，」看到鄧秉天這樣的反應，施道長仰著頭，語氣平和地說：「你來這邊也已經一年多了，可是你連第一套口訣都還沒記熟……」

秉天的頭更加低下，幾乎都快要看不到臉了。

「你應該很清楚，」施道長接著說：「我們這一派最重要的就是口訣。雖然我不是本家的弟子，只是一個旁支，但是為了門派著想，品質還是需要顧。不過這絕對不是問題，今天會告訴你這些，並不是為了門派的面子著想。」

施道長停頓了一下，吞了口口水之後，一臉為難地繼續說下去。

「這就好像感情一樣，」施道長一臉尷尬地說：「很多事情是勉強不來的。每個人都有擅長與不擅長的事情，就好像每個人都有適合的工作一樣。你懂我的意思嗎？」

秉天低著頭，沒有回應，看到秉天這樣，施道長更加為難了，不過他也知道，這是自己的責任，該做的事情還是要做。不做的話，這樣耗下去，只是平白耽誤了彼此的人生而已。

「既然你不能記住口訣，」施道長抿了一下嘴說：「這行就是不適合，至少，不適合我們這一派，懂嗎？」

聽到施道長這麼說，秉天動了一下，依照過去，他總是會在這邊強調，自己會繼續加油或努力之類的，但是今天，似乎也自覺到這樣的話他已經講過太多次了，因此秉天沒有說出口。當然，施道長見狀，雖然慶幸秉天沒有像過去那樣，不過內心的沉痛更是深刻。

「明天開始……」施道長此刻的心情就好像一個警員，要將至親亡故的消息，告訴被害者家屬一樣：「你就不是我們門派的弟子了。懂嗎？你不再是我的徒弟了。」

此話一出，秉天全身一顫，然後緩緩地抬起頭來。

那雙眼睛瞪得老大，張到眼球都快要掉出來了。

看到這景象，施道長的內心更是糾結了。

「……就這樣？」難以置信的表情完全浮現在秉天的臉上：「就因為……我記不住口訣？」

「嗯，」施道長沉痛地點了點頭：「就只有這樣。你的心地不壞，也還算勤勞，但是就是那個記憶力……算了啦，秉天，聽師父一次，放棄吧。」

「你不是說你不再是我師父了？」秉天恨恨地說：「就因為我記不住口訣，就要把我掃地出門？我這一年的努力，你都沒有看到嗎？」

「我有！」施道長用力地點頭：「就是都看到了，今天才會這樣告訴你！你懂嗎？師父的心……是痛的！」

聽到施道長這麼說，秉天的淚水盈眶，雙手握拳。心中有千言萬語，卻找不到任何一句話可以盡訴此刻自己的心情。

「就是看到你的努力，」施道長沉痛地說：「才希望你可以把這份心意，轉移到別的地方去，應該會有很大的成就。」

當然，這是施道長在了解之後，所必須做出來的沉痛決定，而這時他也真心希望秉天可以了解，並且知道自己也有無奈的地方。

石頭……不管怎麼琢磨，都不可能成玉。

大約在半年前，施道長就已經感覺到了，眼前這個很努力的小子，終究不適合走這行。

在了解了這點之後，每次只要看到秉天，他的臉就會不自覺沉下來了，心情也會跟著沉重了起來。因為逐漸了解到，這些努力就好像沉入水裡的石頭一樣，永遠不會浮起來。

秉天渾身發抖，雙眼恨恨地瞪著自己的師父，前師父。不甘願的心情，全部都寫在臉上。

雙方就這樣不發一語，靜靜地凝視著對方。

就這樣過了一會，一個人影出現在辦公室門口。

「怎麼你還在搞啊？」那人不悅地說：「高師祖要來了。」

說話的那人，是施道長的師父，算是他們這個門派之中相當重要的一個弟子。

看到自己的師父來了，施道長站起身來，走到了秉天的身邊，然後拍了拍秉天的肩膀。

「我知道你一定不好受，」施道長在秉天耳邊說：「但是希望你能了解，做師父的我，一樣很難受。」

秉天沒有回應。

「不好意思，」施道長接著說：「我們還有事情要忙，就不送你了。你可以在這邊冷靜一下，然後……」

最後的那句「請回吧。」哽在施道長的喉嚨說不出口，他嘆了口氣，然後離開了辦公室。

才剛走出辦公室，就看到自己的師父葉道長一臉不悅，因為這算是個非常大的日子，但是自己的徒弟卻選擇在這樣的日子，將自己收了一年的徒弟逐出師門，難免會讓他覺得不妥。

「你一定要挑今天跟他說嗎？」葉道長皺著眉頭說：「光第一套口訣都折騰一年的人，你拖到今天才跟他說，真不知道你在想什麼。」

「對不起。」施道長一臉沉重。

當然就是因為不忍心，對一個如此努力的弟子，做出這樣的處置，所以才會一拖再拖，一直到今天，是自己第一次要被師父引薦給高師祖的日子，他才自覺有些事情，不能再拖了。

也就是因為備感責任重大，所以施道長才會選擇在這個日子，將這件事情處理好。

被人丟在辦公室裡面的秉天，渾身還不停顫抖，緊握拳頭的雙手，也因為用力過度而抖個不停。

就這樣被人逐出了師門。

如果自己還是這個門派的一員，或許現在的他，會感覺到興奮無比吧？

因為，高師祖可是他們門派之中，地位崇高的一位大人物。

就連自己的施道長，根本就只是高師祖其中一個弟子的分家弟子而已，今天高師祖特別前來，對這個廟宇來說，根本就是蓬蓽生輝，與有榮焉。

他們之間的地位相差就是這麼懸殊。

如果用棒球來比喻的話，那麼高師祖大概就是大聯盟一軍的選手，而施道長的師父葉道長，大概就是小聯盟的成員，至於施道長本身，就是業餘球隊的球員。

當然，秉天今天就是被業餘球隊掃地出門的選手，連最外圍的替補都還稱不上。

想不到自己的道士之路，就這樣在這裡斷了。

「可惡！真的太可惡了！」

恨恨的秉天，在這個空無一人的時候，堆積已久的淚水終於潰堤。

這是為自己感覺到委屈與不甘心的淚水。

在高師祖抵達之前，不願意讓人看到宛如喪家之犬的模樣，秉天從後門離開，踏上返家之路。

秉天的家與施道長的廟宇有一段距離，秉天的家同樣是座廟宇，換言之，秉天也算是個廟公之子。

秉天家的廟，在附近鄉里相當有名，頗有聲望，因此香火鼎盛，前來祭拜與奉獻的里民不在少數。

會有這樣的聲望，主要的原因就是來自於秉天的父親。

秉天的父親不是什麼知名的道長，但是對於附近里民的關心，就好像村長那樣，老是為了村民的事情在東奔西走。

就是因為秉天父親的熱心，讓這座廟宇在里民之間，一直都是個心靈寄託的場所。

哪家的兒子要聯考，肯定會來這邊求個心安、順利。哪家的女兒要嫁人，也會來這邊上個香，捐點錢，以求有個好姻緣、好結果。

這座廟宇與附近的居民緊緊地連繫在一起，成為他們生活不可或缺的一個地方。

秉天小的時候，總是可以看到許多老者，聚集在廟前泡茶，也可以看到許多三姑六婆，來廟裡當義工，幫忙廟裡的一些大小事情。

在這樣環境之下長大的秉天，當然也非常習慣這些廟裡的事情。

當然，除了生活之外，這座廟宇當然也會處理一些，跟其他廟宇差不多的事情。

尤其是當它成為了居民所信賴的廟宇，哪家的孩子哭個不停，又或者哪家的老公有些怪異的舉動，類似卡到陰與收驚之類的事情，秉天的父親也會處理。

就是因為這樣，才會發生那件事情。

某一年的鬼月，附近的鄉里相當不平靜，除了意外頻傳之外，還有許多詭異的事情發生。

村民們很擔憂，因此紛紛找上了秉天的父親，希望他可以處理。

於是，秉天的父親決定辦場法事，來平息這場災難。

這場法事，禁止外人參觀，因為秉天的父親決定用一個傳統的技藝來處理這件事情。

那就是跳鍾馗。

然而，秉天的父親不是鍾馗派的道士，只有在早年跟著戲班的時候，學會了跳鍾馗這場戲，所以他並不會操作戲偶，唯一跳鍾馗的方法就是粉墨登場，自己裝扮成鍾馗祖師。

但是這件事情，卻成了秉天一家人永遠的痛。

在村民的幫忙之下，把一切都佈置妥當之後，秉天的父親把所有村民請回，並且讓秉天的母親帶著秉天到房間裡面。

秉天的父親再三強調，不管聽到什麼，或者是看到什麼，都絕對不要離開房間，把門關好，乖乖待在裡面。

當年年幼的秉天，與母親兩人待在房間裡面，不能外出，也沒什麼能做的事情，因此兩人早早就躺在床上。

秉天很快就入睡了，他不知道那一天到底發生了什麼，只知道，自己在一陣驚慌之中，被人搖醒。

一睜開雙眼，就看到了自己的雙親，神色異常地站在自己的床邊。

被人搖醒的他，還搞不清楚怎麼回事，就被母親狠狠地抱在懷裡。

「……痛啊。」母親抱得很緊，讓秉天感覺到疼痛。

但是母親卻沒有因此鬆開，彷彿還抱得更緊，彷彿知道那會是母子倆最後的擁抱一樣。

不知道過了多久，母親終於將手鬆開，但是此刻母親的臉上，已經淚流滿面了。

一旁的父親，則是一臉慘白地看著母子倆這宛如生離死別般的告別。

「怎麼啦？」感覺到有點不對勁的秉天，仰頭詢問父親。

父親淡淡地說：「等等劉伯伯會來接你，你要乖乖跟劉伯伯去他家，要聽劉伯伯的話，知道嗎？」

雖然不知道怎麼回事，不過年幼的秉天點了點頭，答應了父親。

當時秉天不知道的是，原來在他睡著的期間，因為外面傳來父親的呼救聲，所以自己的母親為了顧及父親的安危，沒有照父親所說的待在房間，而選擇了離開房間，結果破了父親跳鍾馗的戲，跳鍾馗有了最糟糕的結果。

破了戲，毀了命。

知道在劫難逃的秉天父親，立刻打電話給了自己家族的世交，也就是剛剛對秉天所說的劉伯伯，秉天的父親知道，自己跟老婆是沒救了，但是自己唯一的骨肉，說什麼也要送走，絕對不能讓他受到波及。

就這樣，劉伯伯漏夜趕來，並且帶著秉天，離開了廟宇。

雖然是廟裡面長大的小孩，只要開口，滿嘴就是一堆充滿迷信的言語。

可是，打從心裡面，秉天並沒有相信這些妖魔鬼怪之類的事情。

對秉天這類小孩來說，與其說是相信，不如說是一種生活習慣。

他們說著這些話，遵守著那些禁忌，卻不是因為最原始的那些原因，甚至不了解這些禁忌背後的始末，只把它當成一種家規，一種約定俗成的東西。

但是那一晚，秉天有了不一樣的想法。

當秉天拿著母親為他打包好的行李，被劉伯伯牽著手，走出寢室，來到廟宇的前廳時，秉天看到了一堆人站在廟宇的前廳。

他們每個人都是秉天沒有見過的，甚至許多人長得有點恐怖，讓秉天不自覺地握緊了劉伯伯的手，並且快步跟著劉伯伯穿過前廳，離開了廟宇。

雖然來去匆匆，不過那些人的臉孔，卻一直烙印在秉天的腦海之中。

他們每個人都是瞪大了雙眼，凝視著自己的雙親。

當然，多年之後，秉天知道了，那些人沒有一個是活人，全部都是鬼魂。

而且是因為跳鍾馗才聚集在這邊的鬼魂，而當跳鍾馗破戲之後，他們看穿了一切，他們要這個假扮鍾馗來唬弄他們的夫妻倆，付出他們難以想像的代價。

就這樣，秉天在劉伯伯的帶領之下，離開了廟宇。

接著過沒幾天的時間，秉天就得知自己雙親身亡的消息。

當年對於雙親的慘死，秉天一直不了解，直到他成人之後，才知道事情的真相。

原來在破局了之後，秉天的父親就知道，家裡會遭逢不幸，一方面立刻請劉伯伯把秉天接走，一方面也打電話希望向鍾馗派的道士求援。

只是，跳鍾馗破戲，沒有那麼好解。

因此，在這樣的情況之下，那些厲鬼奪走了秉天父母的命。

這就是自己雙親死亡的真相。

對鄉里之間的里民們來說，秉天的父親，就是為了這些鄉親們犧牲了自己。

因此秉天雙親的喪禮相當隆重，幾乎所有里民都參加了這場喪禮。

「節哀順變……你的父親……是個英雄。」

聽著所有前來悼念的鄉民們這麼說著，秉天不懂，這樣死得莫名其妙，到底哪裡英雄了？

他只知道，自己在一夜之中，成了孤兒，而自己卻完全不知道為什麼。

一直到多年之後，秉天繼承了這座廟，才知道當年的父親與母親為什麼而死。

在秉天未成年之前，這座廟宇在鄉里民的照料之下，維持著香火與運作，一直到秉天繼承為止。

然而雖然繼承了廟宇，但是秉天卻什麼都不會，他也對這些東西沒有興趣，甚至有點避而遠之。

畢竟自己的父親就是因為跳鍾馗的時候不小心，結果一家幾乎慘遭滅門。

因此讓秉天很恨這些東西，廟也因為這樣而荒廢，幾乎一度差點廢廟。

不過附近的民眾，對那個連跳鍾馗都跳不好的父親卻充滿了感恩。

在他們的眼中，他是個不惜犧牲自己生命，也要保護里民的好廟公。

這讓秉天非常不能理解。

明明什麼都不會，卻受到那麼多人尊敬。

回到了廟宇之後，許多過去的回憶湧現眼前，除了自己原本溫暖的家庭之外，連那晚匆匆一別看到的那些鬼魂，都讓秉天備受煎熬。

為了可以徹底擺脫這些夢魘，他決定要跟自己的父親不一樣，不想當個只有空關懷，卻沒有真材實料的廟公。

所以他才會拜在施道長的門下。

可惜的是，想做某件事情與能做某件事情，完全是兩碼子事，充滿興趣不代表你就可以學得比人家好。

國中都只能勉強畢業的他，根本連字都寫不好，面對那些艱澀難懂的口訣，不要說理解了，就連記都記不住。

明明比任何人都努力，就是記不起來。好不容易記住了，睡一覺起來，或者是改背其他的口訣，好不容易記住的部分就忘記了。

就這樣一直反覆，不斷循環，到頭來連第一套口訣都沒記住，更別提接下來還有另外幾套了。

憤恨地回到了自己的家，整個情緒才終於爆發出來。

「幹！」秉天把自己帶回來的東西，全部砸在地板上：「怎樣啦？什麼鳥口訣？我是來學道士！三天一小考、每週一大考！這句下面是什麼？媽的！我背得起來，我就去當博士了！誰在這邊跟你當道士啊？」

雖然破口大罵，但是秉天也知道，自己只是逞強而已。

確實，在自己拜入施道長門下之後，下面還有幾個師弟，他們比自己晚入門，但是進度卻遠遠超前他這個師兄。

除了秉天之外，最慢的一個花了三個月的時間，也搞定了第一套口訣了。

只有秉天，一年過去了，還沒能把口訣記熟。

因此對於師父做出了這樣的決定，秉天雖然難受，但是也算是有點心理準備了。

因為在屢次背不起口訣的時候，秉天總會懷疑自己是不是真的適合這行，或者是這一派。

不過每當秉天想要放棄的時候，腦海裡面總是會浮現出父親的臉，以及那些片段的回憶，提醒著自己過去發生過的慘案。

如果不想辦法學好，那麼終有一天，自己也會步入父親的後塵。

到底是因為當年家破人亡的陰影，所造成的恐懼感，還是徹底想要擺脫父親的陰影，就連秉天自己也搞不清楚。

只知道自己人生唯一一次如此努力的結果，就是被人家掃地出門。

心痛又難受的秉天，就這樣將自己關在辦公室裡面，直到夜晚降臨。

4

原本還以為，自己終究踏上了跟父親完全不同的道路。

秉天的父親雖然是道士，但是橫豎卻只學會一套跳鍾馗，而且還是跟戲班學的。

雖然整體來說，不管是戲班傳授還是鍾馗派所傳授下來的跳鍾馗，沒什麼兩樣，但是戲班教的那一套，其實是為了開戲平安順利，所以才會跳鍾馗來驅邪避凶，與一般真正道士所要面對的是完全不同的情況。

最明顯的不同就是在於是否使用戲偶。

由於戲班不常面對真正作亂的凶靈，因此粉墨登場的情況時有所聞。畢竟說到底，論起自身扮演鍾馗，戲班的底子絕對比起道士還要來得硬上許多。就算不是跳鍾馗，他們也常在戲台上扮演鍾馗，所以對他們來說，扮演鍾馗跳鍾馗，是他們的基本功。就開戲求平安來說，絕對沒有什麼太大的問題，只要嚴守幾個原則，大抵上來說，不太會有什麼意外。

但是一旦是真正的道士，情況就完全不一樣了。

道士面對的情況，往往都不是太好處理的狀況，所以對道士們來說，跳鍾馗用鍾馗戲偶，反而成了一種慣例。

如果不是非必要的情況，絕對不會親身扮演鍾馗。

因此打從一開始，秉天的父親決定要用戲班的那套來運用在道士的工作上，本身就已經注定了悲劇的開始。

因此秉天不打算這樣步上父親的後塵，所以他選擇真正成為一個道士，學習真正的道法技巧，就是為了踏上跟父親完全不同的道路。

他要用實力來獲得眾人的青睞，而不是靠著犧牲自己、愛護鄉民來博得好名聲。在拜入施道長門下的時候，秉天真的認為自己距離成功已經不遠了。只是他作夢也沒有想到，這一切竟然只是一場空。

此刻秉天的心情，就好像一個十分優秀的運動選手，正準備進入職業競賽場，卻被醫生告知運動生涯終結的心情一樣。

繞了一圈，最後還是跟自己父親一樣，什麼都沒能學會。

頹廢失望的秉天，就這樣把自己悶在辦公室裡面，度過了一整天。

夜幕低垂，在一片黑暗之中，秉天仍然趴在辦公桌上，一直到一個聲音傳入他的耳中。

「拍謝，」一個聲音從辦公室門口傳來：「有人在嗎？」

秉天仰起頭來，在辦公室門口，有一個身影站在那裡。

由於光線昏暗，導致秉天看不清楚來的人是誰，雖然此刻的秉天，完全不想見客，但還是把辦公桌上的燈光打開。

燈光不開還好，一開之下，讓那來者的身影一曝光，秉天整個人幾乎都快要從椅子上跳起來了。

來者是個中年男子，他點了點頭向秉天示意之後，走進辦公室裡面。

「請問你是鄧秉天嗎？」男子問道。

秉天愣了一會之後，才緩緩地點了點頭。

會有這樣的反應，是因為來的人不是別人，正是今天前去拜訪過自己「前」師父的高師祖。

雖然說兩人沒有見過面，但是高師祖的地位，在他們的門派之中，幾乎可以稱為是第二把交椅，因此在幾次比較重要的情況之下，鄧秉天曾經遠遠地看到過高師祖，所以認得出他來。

當然，高師祖不應該認得自己，可是此刻他卻出現在自己的辦公室裡面，叫出自己的名字，因此就連秉天都有點難以置信了。

他感覺到自己渾身發抖，明明高師祖什麼事情都沒有做，只是走進來，並且比了比旁邊的椅子之後，便坐了下來，但是自己卻有種不知所措的感覺，甚至呼吸都有點困難了起來。

這就是所謂上位者的氣魄嗎？

「你的事情，」高師祖凝視著秉天說：「我已經聽你師父小施說過了。」

聽到高師祖這麼說，秉天低下了頭。

「我覺得……」高師祖沉吟了一會之後，沉著臉說：「你師父沒有錯。不過，我也知道你的心情，相信我，我是過來人。」

「過來人？」秉天一臉疑惑。

「嗯，」高師祖點了點頭說：「我在記口訣的時候，也是耗盡了苦心，跟我的師兄完全不一樣。」

聽到高師祖這麼說，秉天吞了口口水。

對他們這些道士來說，如果高師祖的地位就像皇上一樣，那麼他的師兄根本就是神。

「我師兄不但很快就記熟了所有的口訣，」高師祖說：「而且還能補足一些師父沒教過他的部分。對我來說，他就跟天才一樣，我永遠不如他。我甚至連口訣都記不熟。原本這或許不是什麼問題，不過因為我師父死得早，我還來不及記住那些口訣，他老人家就已經不在了。」

秉天抿了抿嘴，一臉凝重地聽著高師祖說著他人生的痛楚。

「所以，」高師祖臉上浮現出苦笑：「我的口訣都是師兄他傳授給我的，可惜的是，背東西一直都是我不擅長的事情，所以也老是讓師兄覺得失望。我跟我師父是因為緣分的關係，成為了師徒，但是我從來都不覺得我適合走這條路。」

秉天聽到高師祖這麼說，也不知道到底該點頭，還是應該做什麼反應。

畢竟以高師祖今日的地位，根本沒有人會知道，他竟然當年連背口訣都有困難。

「我曾經想過，」高師祖臉上露出了略顯尷尬的表情：「如果可以，我想跟你一樣，當初就果斷地離開，或許在別的地方，我也能找到更適合我的事情。」

類似的話，上午的時候施道長也曾經對秉天說過。

「我聽小施說，」高師祖點了點頭說：「你似乎不太能夠接受，所以我特別來看看你。雖然說我覺得你師父做得沒錯，讓你離開或許你不能接受，不過在我看來，你不一定要成為道士，才能做自己想要做的事情。」

會這麼說，大概也是因為高師祖從施道長那邊，大致上了解到秉天的情況。知道他是因為當年父親慘死的關係，才想要好好學習鍾馗派的口訣與技能。

「不懂我的意思也沒關係，」高師祖說：「你就在這裡繼續當你的廟公，如果有遇到任何不能解決的問題，我已經跟小施說好了，他雖然跟你不能當師徒，也要當你的靠山。只要你需要，他隨時都會來幫你。」

高師祖緩緩地站起身來。

「有一天你會了解我說的話，」高師祖一臉哀傷地說：「希望你可以找到更適合你的事情。」

高師祖說完之後，轉身離開。

在高師祖離開之後，秉天悶在辦公室裡面，先哭了幾個小時之後，陷入一片沉默。

接著……到了深夜，秉天混亂的腦海裡面，好像了解了什麼。

秉天開始笑了起來，這一笑就再也停不了了。

從苦笑到狂笑，秉天放肆地大聲狂笑，就好像要把過去認真的自己徹底給笑掉。

真是笑掉大牙了。

不識抬舉！無能不自知！

廟公的兒子就一定可以當道士嗎？這種事情是講天分的！

在心中不停責罵自己，傷害自己的秉天，就好像頓時分成了兩個人，一個是過去那個認真，想要好好成為道士的自己，一個是認清了事實，覺得過去的自己非常可笑的自己。

就這樣不停恥笑著過去的自己之後，秉天有了改變。

從此之後，那個認真又努力的秉天消失了，不再拜鍾馗祖師，改為跟他比較貼近的濟公活佛。

秉天不再認真面對一切，只求隨隨便便過一生。

雖然本性善良，但是他不再認真面對這一切。因為只要一認真，就會浮現施道長與高師祖的臉。

只要一認真，就彷彿在看著他那赤裸裸的自己，不願意面對的真相。

人生的挫敗大概就是如此而已，了解到自己，終究只是一個配角，終究只是在這個世界上，多一個不多、少一個也絕對不會怎麼樣的小角色。

幾年後，這樣的他在村民的引薦與幫忙之下，還是娶到了一個妻子，生了個女兒。

原本還以為這樣就可以度過一生，自己也算無怨無悔了，不過心愛的老婆，卻在一場車禍中喪失了性命。
這是他人生第二次挫敗，讓鄧秉天更無所謂了。
面對人生的種種難題，他只能如此躲避了。
只是他作夢也想不到，在鍾馗派的道路上，他終究還是有他需要成為的角色。
當然有了高師祖的一句話之後，鄧秉天從此開始他受人景仰的日子。
只要有情況，他只消一通電話，就可以得到自己過去那位師父的援助。
等於忙是忙施道長，但是秉天可以享受一切名聲。
功是秉天領，險是那位施道長扛。
這完美的情況，曾經一度讓廟公如魚得水，春風滿面。
娶了個漂亮老婆，生了個女兒，原本以為人生就此萬事順利。
卻想不到一場車禍帶走了他的老婆，在那之後，他又再度受到打擊，生活一蹶不振。
不過這些村民當然不會怪他，因為知道他的墮落有原因。
然後就這樣相安無事地度過了幾年，丁村長突然帶了一個人到他的面前。
原本鄧廟公想要拒絕，誰知道在拒絕他的那一晚……

第4章・廟會噩耗

1

比起過去發生在這座廟宇裡面的事情，眼前對鄧廟公以及這座村子裡面的人來說，目前最重要的事情，就是辦好這一次的廟會活動。

大約在幾年前，村子裡面一個黃姓人家，兒子去日本留學。

誰知道學成返鄉的時候，竟然帶了一個日本女孩回來。

於是即便黃家兩老不太喜歡，但是黃家還是多了一個日本媳婦。

畢竟對這些純樸的人家來說，有這麼一個不會說中文或台語的媳婦，就是那麼的不方便。

除了溝通的問題之外，還有文化跟習慣等等許多問題需要適應。

所幸後來黃家兒子到外地工作，沒有住在一起，當然也少了些摩擦。

這幾年相處下來，這日本媳婦還算好相處，三不五時跟老公一起回鄉，也都跟兩老處得不錯。

雖然這幾年日本媳婦中文也越來越會說，溝通也逐漸不是問題，但是做公公的，還是有點芥蒂。

然而這一次的廟會活動，丁村長強烈希望可以跟他去年去日本玩時，參觀過的日本祭典一樣，所以希望可以找個對日本祭典比較熟悉的人，自然第一個想到的就是這位黃家媳婦。

於是黃家的媳婦就這樣成為了這場重要活動之中的高級顧問，在鄉下這種純樸的地方，也算是為黃家爭了口氣，小小光耀了一下門楣。

就連原本只要談到媳婦就會忍不住皺起眉頭來的公公，這下有人提到自己的媳婦，臉上都會多了幾分光彩，得意洋洋的模樣。

經過了一個多月的準備，並且在附近幾個村莊聯合起來的通力合作之下，這場中日合璧的廟會活動如期展開。

原本還擔心不夠熱鬧，因此丁村長還特別找人去招商，希望在活動期間可以找到一些攤商，願意來這邊短期擺攤，誰知道這些攤商早就聽到了風聲，紛紛與丁村長聯絡，希望可以在這次的廟會活動中賺上一筆。

這次廟會的主要活動地點正是鄧廟公的廟宇旁，左右兩側相鄰的廣場，分成了中式的廟會活動與日式的祭典活動。

一邊有戲班忙著搭戲棚，準備唱場好戲，酬謝一年來的神恩。另外一邊有著各式各樣的攤販，宛如夜市般招待著往來的民眾。

活動為期一週，才第一天就吸引了許多附近的村民前來參加，就連電視台都特別派了記者前來採訪報導。

想不到新聞一播出之後，吸引了更多遊客前來參加，讓這個村莊的小廟會，一時之間成為了焦點，遊客人數也因此暴增。

雖然說這樣的成功，也算是完美地達成了眾人的期望與目標。

然而過多的遊客，也讓廟裡與村子上下，全部都忙得不可開交。

身為這次廟會活動主辦廟宇的成員，玟珊當然也是穿梭在人群之間忙進忙出。

由於這次的活動異常成功，因此所有村民只要見到了玟珊，都會對玟珊誇獎鄧廟公的能幹。

「讚，」其中一個經過玟珊身邊的長輩，豎起了大拇指說：「沒話說！」

只見老人家一手拿著烤香腸，另外一手拿著日式三色丸子，還勉強比著大拇指，讓玟珊有點哭笑不得。

不過的確就連玟珊也不得不承認，這次的活動遠遠超出她所能想像。

雖然忙到焦頭爛額，不過看到大家滿足的表情，的確讓玟珊感覺也很光榮。

唯一美中不足的地方，就是這樣的盛況，可憐的阿皓完全沒有辦法參與。

因為不管是鄧廟公還是玟珊，都有各自需要負責的部分，實在沒有人可以照顧阿皓，因此只能靠著玟珊的命令，讓阿皓一直待在自己的房間裡面，以免他到處闖禍。

這幾個月下來，阿皓非常聽玟珊的話，只要是一般的情況，幾乎玟珊說什麼，阿皓都會乖乖的做，這點讓鄧秉天非常不平衡。

為了防止阿皓闖禍，因此玟珊雖然也很希望讓阿皓可以看看這等盛況，但是衡量到阿皓可能會有些適應不良的情況，甚至於走失或被人欺負，玟珊也只能命令阿皓乖乖待在房間裡面。

不過或許可以在人潮比較少的夜晚，當攤販逐漸開始收攤的時候，偷偷帶他出來逛一下，應該不會有問題吧？

就在玟珊這麼想著的時候，在人群之中，一個獨特的身影吸引了玟珊的目光。

那是檳榔攤的阿彬。

只見阿彬在廟口探頭探腦的樣子，似乎正在找人。

「嘖。」看到這景象的玟珊，嘖了一聲。

雖然不能十分肯定，阿彬探頭探腦的樣子，就是在找自己。

不過自己一點也不想承擔這樣的風險，畢竟今天實在太忙了，她實在沒有時間應付阿彬。

如果可以的話，她希望阿彬不要看到自己。

因此玟珊趁阿彬的視線還沒轉到自己這邊之前，混入人群之中，想辦法繞到廟宇的另外一側去。

在這次的廟會活動之中，玟珊所負責的部分，是與特別請來唱戲的戲班溝通與聯絡。

由於這場中日合璧的廟會有點超過想像中盛大，就連專門唱跳這種廟會活動的戲班都不曾見過，因此玟珊的工作有點吃重，要想讓戲班如期開場，的確需要多些溝通。因此真的沒有多少心思可以拿來應付阿彬。

雖然很忙碌，但是就連玟珊也不得不承認，單單就活動來說，這次聯合四個村落所一起舉辦的廟會活動，的確算是非常成功。

尤其是仿照日本廟會活動，因此多了很多東西可以讓觀光的民眾邊吃邊玩邊看，自然吸引了很多觀光客。

除了攤販之外，甚至連晚上還有安排煙火活動，雖然不是很豪華，只是單純的幾發煙火，不過也算是麻雀雖小、五臟俱全。

連電視台都有派特派記者前來採訪，這讓丁村長與鄧廟公相當風光。

因此就在玟珊忙著躲避阿彬的時候，丁村長與鄧廟公一起出現在廟會旁，立刻吸引許多村民前來，彷彿就像是從戰場歸來的英雄一樣，受到大家的吹捧與歡呼。

兩人一路受到村民的包圍，一直到廟門前，鄧秉天表示自己還需要與幾家廠商聯絡，眾人才依依不捨地讓他離開。

廟裡面上香的民眾，比起過去還要多了好幾倍。

這座廟宇的主神供奉的是濟公活佛，在回辦公室的路上，秉天意外地聽到了幾個沒見過的觀光客，大大吹捧這間廟宇。

「別看這座廟不大，」那觀光客對其他人說：「這座廟供奉活佛那麼多年，可是很出名的。」

聽到那觀光客這麼說，讓鄧秉天不禁不屑地哼了一聲，然後搖搖頭走進自己的辦公室裡面。

畢竟這座廟宇，是到了鄧秉天這一代，才改拜濟公活佛，在這之前，都是供奉鍾馗祖師的。

但是因為鄧秉天知道，自己這輩子跟鍾馗祖師無緣，所以才改成似乎跟自己比較合的濟公活佛。

聽那觀光客這麼說，就知道絕對是膨風，因此鄧秉天才會浮現出那種不屑的表情。

回到了自己的辦公室，鄧秉天無力地癱坐在椅子上。

雖然說活動很風光，所有村民也都盡可能地幫忙，但是鄧秉天還是叫苦連天。早知道會這麼累，當初就應該想辦法勸阻丁村長，不要舉辦這麼大型的廟會活動。

現在可好了，眼看效果出乎意料之外的好，他們似乎已經決定明年再來一次。

不過下一次舉辦的地點與單位，就換成鄰村，理論上就不會那麼累了。

不過等到所有村子都輪完，到時候勢必又會回到這裡之前，自己一定要想辦法終結這種累死人不償命的活動。

就在鄧秉天做出了這個決定之際，隔絕外面喧囂噪音的辦公室大門，傳來了清脆的敲門聲。

叩、叩。

鄧秉天皺起了眉頭，為了因應這次的活動，鄧秉天還特別牽起了多年不曾牽起的紅繩，上面還掛上寫著「遊客止步」的牌子，然後辦公室外面，也有這樣的牌子，到底是哪個冒失鬼，一連闖過這兩關，到自己的辦公室外面敲自己的門？

會有這樣的想法，就是因為在鄧秉天的安排與分工之下，每件事情都應該有了對應的負責人員，不應該有任何人是直接找上他的。

敲門的聲音再度傳來，鄧秉天不甘不願地從座椅上站起來，心中也打定主意，如果門外敲門的是那種亂闖一通的觀光客，他會好好臭罵對方一頓。

就在這時，辦公室的門打了開來，一張臉孔出現在門外。

看到那張臉孔，鄧秉天的臉上瞬間流露出驚喜，不過那只是很短暫的一瞬間。

接下來鄧秉天的臉色一沉，向那人點了點頭示意，揮了揮手要那人進來。

會有這樣的表情，當然是因為來拜訪的人，是個出乎鄧秉天意料之外的人。

他是曾經被鄧秉天稱為師父的男子，也就是那個長年一直在背後支持著這座廟宇的施道長。

2

廟會活動正如火如荼地進行，隔著一扇門跟一段距離，還是可以聽到熱鬧喧囂的聲音。

可是辦公室裡面的氣氛，卻是異常地冰冷。

聽完了施道長的話之後，有很長一段時間，鄧秉天都只能癱坐在椅子上，雙眼無神地看著前方。

愣了不知道多久，彷彿想起了什麼，鄧秉天轉過頭，看著那張被圍起來的椅子。

那張被圍在角落，看起來就好像什麼重要文物，並且四周都被小台子圍起來的椅子，對鄧秉天來說，是張意義非凡的椅子。

雖然在被逐出師門之後，鄧秉天就不再對這類事情認真，不過就只有這張椅子，這張曾經被高師祖坐過的椅子，被鄧秉天重視並且收藏在辦公室裡面。

就好像一種對年輕滿懷熱忱的自己，所保留下來的一點回憶一樣。

如今，施道長帶來的消息，證實了這張椅子，真的只剩下回憶了。

「你說的……」鄧秉天一臉哀傷哽咽。

「我知道很難讓人接受，」施道長也是一臉哀傷地點著頭說：「這也是為什麼我到現在才告訴你，這件事情已經是半年前左右的事情了。」

「我的天啊。」鄧秉天一臉難以置信：「你說全廟上下都……」

施道長點了點頭。

「為什麼沒有任何新聞之類的呢？」

「可能被封鎖消息了吧。」施道長沉著臉說：「畢竟……犯人目前似乎朝著那些失蹤弟子的方向進行。」

在這熱鬧的廟會活動中，整場都顯得活力十足，然而施道長帶來的這個消息，卻是如此的沉重，完全壓過了整個廟會活動所帶來的朝氣。

施道長帶來的消息是，頑固廟被人殘忍地滅殺了。

從他們稱為高師祖的頑固老高，到他最疼愛的寶貝女兒高梓蓉，都被人發現慘死在辦公室裡面。

除此之外，還有幾個弟子，被發現陳屍在地下室裡面。

至於以南派三哥聞名於鍾馗派的這些重要弟子，則是目前失蹤下落不明。

警方那邊也把這些失蹤的弟子，列為重要關係人展開搜索，希望可以早日找到這些失蹤的弟子以釐清案情。

只是經過了半年的時間，卻完全沒有任何關於凶嫌的消息，調查似乎也陷入泥沼。

施道長的師父，正是其中一個陳屍在地下室的弟子，雖然施道長不能算是鍾馗派的弟子，不過兩人情如師徒，也接受過警方的訊問。

而施道長也因此得知頑固廟全廟上下都被人殘殺的消息，更知道警方目前鎖定的對象是以南派三哥為首的這些失蹤弟子。

在得知消息之後，施道長也一度哀痛不已，足足有好幾個禮拜都沒有辦法振作。

雖然勉強可以算是鍾馗派的門人，但是實際上對於頑固廟上下的情況，施道長並不清楚，更不知道是什麼樣的恩怨，會讓高師祖等人遭逢如此劫難。

不過不管任何人，還是任何恩怨，都不應該有如此慘烈的收場。

「雖然你我都不屬於本家的人，」施道長說：「根本就只是學過一點鍾馗派的東西，不過對我來說，一日為師，終身為父，我想還是應該跟你說一聲。」

鄧秉天愣愣地點了點頭。

「當然，」施道長接著說：「我師父跟高師祖生前說過的話，我不會違背。所以即便兩位老人家已經不在了，未來你這邊有任何問題，我還是會跟往昔一樣，竭盡所能幫助你。」

了。

「謝……謝謝。」鄧秉天低頭道謝。

接著兩人寒暄幾句，施道長稱讚了幾句關於廟會活動的成功之後，便先行告辭了。

留下鄧秉天一個人，呆呆站在辦公室裡面，消化這難以吞嚥的噩耗。

頑固老高死了，就連他的寶貝女兒，被大家稱為南派公主的高梓蓉也死了。

剩下的弟子，不是一起被殺，就是下落不明。

在歷經了那麼多風雨與風暴之後，鍾馗派南派的頑固廟，這一次真的衰亡了。

一想到剛剛施道長描繪的景象，以及這些慘死的事實，讓鄧秉天即便在如此炎熱的天氣，還是感覺到自己背上流下來的冷汗。

3

在鍾馗派的廟宇之中，雖然最著名的是一代傳奇呂偉道長所在的么洞八廟，不過如果要說歷史悠久，恐怕還是要算頑固廟最為悠久。

頑固廟的歷史，可以一直追溯到清末民初時期。

台南對台灣而言，就好像日本的京都一樣，是個舊都。

而就像平安京時代一樣，台南也曾經度過它黑暗的時期。

畢竟台南是台灣歷史最悠久的都市之一，所以光是以這些靈體來說，數量也是台灣之冠。

這些都是源自於台南悠久的歷史，與生存在這片土地上的人們必然累積下來的恩恩怨怨。

就像電影中的台詞一樣，有人的地方就有江湖。

在這個台灣最古老的古都之中，發生過太多的故事，因此留在各個地方的靈體也當然逐漸累積。

不過除了這個之外，還有一個很重要的原因，是在於龍脈的問題。

每個朝代都有屬於自己的龍脈，一旦龍脈跟一個朝代產生了連結，便會與那個朝代生死與共。

因此每次到了朝代更迭之際，大部分的新朝代，只要有個懂風水、有道行的國師，都會給一個相同的意見。

就是對前朝的龍脈進行一些處置，而最常見的處置，就是蓋間廟宇在舊龍脈之處，一方面除了斷了前朝再興之願，另一方面則是為了鎮壓前朝所累積下來的怨與恨。

由風水的角度來說，龍脈關係到一國的盛衰，除此之外也為一國承擔了許多負面的情緒，這也是龍脈會衰弱的主因之一。就像是人體的肝一樣，幫忙過濾許多對國家有害的氣。

一個國家衰亡，可想而知龍脈的狀況也絕對好不到哪裡去。如果不妥善處置，可能會帶來許多災害，所以才會用這種蓋廟的方式，希望能壓住，並且緩和這些前朝的餘毒。

以廟鎮脈，自古以來多有案例，而且不單單只在華人的國家朝代，更蔓延到許多東南亞的國家，像是日本就有許多廟宇，是以佈陣的方式，來鎮壓這些氣。

而在清朝覆滅之後，當時國師的建議，當然就是蓋些廟宇，來鎮壓在各地的舊龍脈。

關係到台灣的這條舊龍脈，就在台南。而負責鎮壓這條舊龍脈的怨氣，正是日後被稱為頑固廟的這座廟宇。

這件事情，一般都只有廟宇的最高負責人才會知道這件事情，畢竟鎮壓舊龍脈事屬機密，不管各國都不讓消息曝光，主要也是擔心有心人士故意破壞。

日本也是如此，因此才會有首都東京的三芒五芒星結界等都市傳說的誕生。

雖然說是機密，不過只要有道行的修行者大概深入了解一下，都能猜得出來，這也正是會成為都市傳說流傳出來的原因。

當然，頑固廟是鎮壓龍脈怨氣的這件事情，一般只有當代掌門才會知道，劉易經也是由自己的師尊那邊得知這件事情。
只是當年引發易經之禍的劉易經，並沒有把這件事情告訴頑固老高。
頑固老高知道這件事情，還是由呂偉道長那邊知道的。
曾經身為國師，本身又是道行極高的呂偉道長，自然很清楚這件事情。
這也正是為什麼，當年南派在歷經了易經之禍之後，呂偉道長堅持南派不能亡的最主要原因。雖然說呂偉道長與南派的劉易經、頑固老高等人有私交，但是真正讓呂偉道長排除眾議，卻是因為頑固廟的重要性。
然而，雖然頑固廟鎮壓住舊龍脈，壓住了許多怨氣與凶狠的靈體，不過歷史悠久的台南，仍舊比起其他地方，要來得險峻。
正所謂亂世出英雄，出身南派的劉易經，也因為這個原因，在出師之後也有許多機會，可以證明自己所學，不但活出了屬於自己的一片天，更加有機會利用實戰來體悟到那些流失的口訣，這點就連呂偉道長都自嘆不如。
劉易經如此，阿畢學成返鄉也是如此，短短的時間南派三哥的名聲不脛而走。
而兩人的活躍，也確實先後為頑固廟帶來莫大的活力，讓鎮壓更具效果。
即便兩人先後也步上同樣的後塵，但是曾經帶來的貢獻，卻是功不可沒。
然而這次的血案，卻斷送了頑固廟的一切。
這半年來，隨著頑固老高的死亡，頑固廟吹了熄燈號，在台南這安靜的夜晚依舊佇立在那邊，然而廟裡面，卻不再像過去那樣，有著燈火照耀著這座台灣最古老的都市。

一場災難也有如這片土地下蠢蠢欲動的怨念般，即將甦醒並且襲來。

這場不管是呂偉道長還是劉易經，都不曾想像過的巨大災難，隱身於黑夜之中，跟毫無人煙的頑固廟一樣，靜靜地等待著甦醒的那天到來。

屆時，將會是一場前所未有的災難。

第5章・災厄

1

為期一週，盛大的廟會活動，最終在戲班的謝幕之下，完美地畫下了句點。

這次活動的成功，不但為村莊帶來了活力，更讓許多店家大賺了一筆。

甚至在活動結束的時候，還進行了一場會議，並且在會中訂立出許多未來舉辦的順序與規則，所有人皆大歡喜，看樣子一場可以成為每年都來一回的經典活動，就在今年誕生了。

比起那些村民的喜悅，整場活動下來留給玟珊的只有無比的疲勞，光是那因為來回忙進忙出的運動量，就足足讓玟珊鐵腿了三天。

原本在廟會之前，玟珊正在積極找尋新的工作，但是一直沒有下文，剛好適逢廟會活動，因此玟珊暫停了求職，幫忙廟會的活動。

不過在廟會活動結束之後，身體真的有點不堪負荷，所以在家裡面休息了幾天。

一連休養了三天，雙腿才逐漸恢復正常。

由於廟會期間，玟珊一直都處於睡眠不足的情況，所以這三天除了消除身體上所殘留下來的疲勞之外，也趁機補充了睡眠。

然而為了補充上個禮拜的睡眠不足，大睡特睡的結果，就是打亂了生理時鐘。玟珊的生理時鐘一直都很正常，不怎麼熬夜的她，在大學畢業之後，不管有沒有工作，都會維持著正常的作息時間。

雖然有時候會睡得比較晚，但是一直都維持著正常的睡眠時間，對玟珊來說，半睡半醒著這件事情，算是比較少見的。

然而就是在這樣的情況之下，在經過了三天的休息，逐漸恢復體力的同時，睡眠卻徹底被打亂了。

這一天晚上，由於白天睡太多，導致玟珊在床上輾轉難眠，就這樣折騰到了半夜一點。

因此玟珊索性起床，走出房門，打算要去廚房泡杯熱牛奶幫助自己入睡。就是在這種情況之下，玟珊看見了她完全沒有想到的景象。

這座廟宇以正殿為中心，分成前半與後半兩部分，前半主要是開放參拜的地方，包括正殿、前庭以及遊客用的廁所，還有一間辦公室與原本是用來當作倉庫，後來成為了阿皓房間的小房間。

而穿過正殿兩側的走廊，就能來到廟宇的後半部，除了秉天與玟珊用的寢室之外，還有浴室、廚房、餐廳等，沒有對外開放的私人生活空間。

阿皓所住的地方就是在廟宇前半的部分，在辦公室的旁邊，面對著前庭。

玟珊走出寢室，一旁就是通往前半部的走廊，玟珊順眼看過去，就看到彷彿有個人站在前庭。

這時已經是半夜一點了，按理說外面的大門上鎖的情況之下，此刻前庭不應該會有人才對。

感覺到不對勁的玟珊，轉入走廊之中，然後朝著前庭而去。

前庭的上方沒有屋頂，因此可以清楚地看到月光照射在地板，照亮整個前庭。

而那個人就站在前庭，仰望著天空，背對著玟珊。

玟珊穿過走廊，一眼就認出來這個站在前庭愣愣看著天空的人。

那是阿皓。

原本還以為，阿皓是睡到一半醒來去廁所之類的，所以玟珊打算去帶阿皓回房間，可是一靠過去，玟珊立刻感覺有點不太對勁，不能明白地說出到底哪裡讓自己感覺不對，但就是感覺此刻的阿皓跟平常不太一樣。

這樣的感覺讓玟珊原本直線朝阿皓而去的路線有了改變，玟珊停下腳步之後，朝旁邊走幾步。

由於阿皓背對著玟珊，所以玟珊看不到阿皓的臉，因此玟珊往旁邊繞了一下，希望可以在不驚動阿皓的情況之下，看一下阿皓此刻的表情。

玟珊朝旁邊靠過去之後，終於可以從側面看到阿皓的臉。

玟珊見了臉色立刻驟變，果然跟她想的一樣，此刻的阿皓有著一個玟珊從來沒見過的表情。

只見阿皓皺著眉頭看著天空，那雙眼神不再渙散，而是流露出認真的眼神。

看著阿皓表情的同時，玟珊也終於知道自己到底感覺哪裡不對了。

這幾個月以來，阿皓的眼神一直都是渙散沒有焦點，玟珊不曾見過阿皓「凝視」過任何特定的東西，因此，玟珊當然不曾見過阿皓像現在這樣「仰頭」看著天空的模樣。

就是這個模樣，讓玟珊感覺到不對勁，才會特別繞到前面看。

想不到真如自己所料，不只有仰望天空這個動作讓玟珊感覺到訝異，就連臉上的表情也是玟珊從來不曾見過的。

這讓玟珊看得瞪大雙眼，難以置信的表情完全寫在臉上。

彷彿意識到了身旁有一個人，阿皓轉過頭來，視線也移到了玟珊身上。

這又是另外一個阿皓不曾有過的反應。

過去就算有人在阿皓的身邊開槍，恐怕阿皓不只連頭都不會轉，就連眼珠子都不會挪動到發生巨大聲響的地方。

更別說像現在這樣，可以意識到有人在旁邊而轉過頭來，將眼光轉到玟珊身上。

這是阿皓搬到這裡住的這一段時間以來，兩人第一次真正的四目相接。

看到玟珊的阿皓先是流露出一絲訝異、困惑，然後慢慢臉上多了些許哀傷的表情，看似哀傷，似乎又夾雜了點歉意。

而從兩人現在的對比看起來，阿皓臉上的表情遠遠比玟珊此刻因為驚訝而張大的嘴還要豐富許多。

「你……」不知道愣了多久，玟珊才開口。

而就在玟珊開口的同時，阿皓的頭突然好像失去支撐力一樣，向下一點，然後雙眼又呈現出無神的模樣。

不過就是轉眼之間，阿皓似乎又回復到了這幾個月來，玟珊所熟悉的阿皓。

那天晚上，不要說睡覺了，玟珊連房間都沒有回去，拚了命地想要讓阿皓恢復那時候的情況，但卻是徒勞無功。

跟丁侑心一樣，第一次見到阿皓這種狀況的人，自然都會有一種懷疑的感覺。

可是問題就在於，即便親眼見到了阿皓的變化，玟珊還是相信阿皓並不是裝的。

對於阿皓的狀況，當初丁侑心在帶阿皓回來的時候，有跟自己的父親以及鄧廟公說明，不過大概也是說他屬於非典型的病患，因為情況特殊，所以一般的收容單位可能非常不適合他。

至於比較詳細，也就是丁侑心懷疑因為月光的關係，才會讓阿皓恢復正常的這件事情，並沒有告訴眾人。

畢竟這只能算是丁侑心的推測，沒有半點科學根據，更重要的是，也不是百分之百只要有月光的情況，就可以讓阿皓恢復正常，只是有機會而已。

然而，玟珊這邊從阿爸那邊知道的，只有阿皓是個阿達，然後沒有人願意收留，所以經不起丁村長的請求，才會收留阿皓。

這些年來，由於玟珊並不願意乖乖待在廟裡面幫忙，幾乎都一直在外面工作。所以秉天這邊一直抱怨缺少幫手，剛好阿皓來，也可以幫點小忙。原本是這麼以為，但是後來玟珊發現，阿皓不要搞破壞就謝天謝地了，根本不能幫得上忙。因此對於秉天為什麼會收留阿皓，就連玟珊也不清楚。

每次問秉天，得到的都是模糊不清的答案。

過去對於能不能得到這個答案，玟珊並沒有很堅持，但是在看過了阿皓清醒的模樣之後，玟珊希望可以得到更多關於阿皓的情報。

到底現在阿皓是什麼情況？

當初為什麼會被送到村子裡面來？

在阿皓身上到底發生過什麼樣的事情？

料想到這些問題，都不能從阿爸那邊得到，所以玟珊決定跳過父親秉天，直接問當初把阿皓帶回村莊的人，就是自己一直到國中的同學，丁侑心。

「很抱歉，」電話中的丁侑心對玟珊說：「當初沒有把這件事情告訴妳爸，因為這也只是我自己的猜測，不過請妳相信我，我認為阿皓並不是裝瘋賣傻，而是情況真的很特殊。」

這點丁侑心再次強調，並且把當時阿皓在醫院的情況告訴了玟珊。

「所以妳的意思是，只要在月光底下，阿皓就有機會可以恢復正常？」

「這是我的推斷啦，」丁侑心說：「而且我也沒有機會去證實，另外……我相信這絕對沒有任何科學的根據，如果不是我親眼見到過，我可能也會一笑置之。」

只要在月光之下，阿皓就有可能會恢復正常……

的確，不要說科學根據了，根本感覺就是一種迷信的說法。

而且玟珊非常確定，這可能不是唯一一個條件，因為過去的阿皓，肯定也有被月光照射到過，可是卻沒有看過這種情況。

……還是說要配合時間？

「喂？」電話中的丁侑心打斷了玟珊的思緒：「珊，妳還在嗎？」

「在。」

「真的不好意思，」丁侑心再三道歉：「我應該先跟妳說明的，可是妳知道，後來醫院這邊有點麻煩，所以我就一直沒有機會跟妳說。」

「不，沒關係。」

兩人最後又寒暄了幾句之後，才掛上了電話。

從丁侑心那邊得到這些情報之後，讓玟珊感到心情有點複雜。

原來阿皓有機會可以有正常的一面。

在得知這點之後，玟珊不知道為什麼，心情有點怪怪的。

不過她還是很想知道，阿皓身上到底發生了什麼事情。

因此玟珊在考慮了一天之後，決定找個晚上，來試試看帶阿皓去廟外，會不會再一次看到那張銳利、憂傷，有點帥氣的臉孔。

然後她會問清楚，在他身上到底發生什麼事情。

當然，此刻的玟珊完全不知道，這個機會將會在她沒有半點心理準備的情況之下降臨，而她也完全沒有機會問到任何一件事情。

2

這一次之所以會擴大舉辦廟會活動，就是因為有許多村民覺得，過去的這一年諸事不順，村子裡面不但受到風災，還有許多老人家辭世。

因此才會提議，用更誠懇、熱烈的心情，來舉辦這次的廟會活動。

然而卻在廟會活動結束過後一個禮拜，村子裡面就傳來一個不詳的事件。

住在村尾的一個蘇姓人家，有個年長的蘇老太太，高齡已經九十，但是硬朗的身體與開朗的個性還是常在村子之間活躍，許多村民都很喜歡這位蘇老太太。

在廟會結束後一個禮拜，蘇老太太在晚上告訴家人要去散步，就此失蹤。

由於蘇老太太沒有什麼老人癡呆的情況，身體又很硬朗，所以一失蹤，不只讓蘇家一家人緊張得不得了，就連村子裡面的人也都全部動員起來，幫忙尋找失蹤的蘇老太太。

除了協請警方調閱村口的監視器畫面之外，也分批搜尋了灌溉溝渠與田地之間的小徑，經過了一天還是沒有找到蘇老太太的身影，因此村子裡面幾個年輕人組成了搜山部隊，準備對靠近村莊的那條登山步道進行搜索。

搜山部隊一連搜了幾天，都沒有找到蘇老太太，不過確實有找到蘇老太太的一隻拖鞋。

這讓眾人非常不解，畢竟蘇老太太雖然身體硬朗，但是上了年紀之後，就不曾入山，尤其在完全沒有告知家人的情況之下，實在不太可能選擇在夜間這樣獨自上山。

既然確定了蘇老太太就是上山失蹤，村長也找來了救援協會前來支援，擴大搜山的範圍。

可是一連搜了數天，都沒有找到蘇老太太的人。

在失蹤一個禮拜之後，就連蘇家人都覺得可能凶多吉少了，不過眾人還不願意放棄，至少死也要見到屍體。

結果才剛準備上山，就發現蘇老太太在入山口附近遊蕩。

蘇老太太的身體相當虛弱，因此眾人立刻將蘇老太太送到醫院。

在醫院休息了一陣子之後，蘇老太太才告訴其他人，她也不知道自己是怎麼上山的，似乎是跟著一個小孩，又好像不是。

而在困在山上的這幾天，蘇老太太聲稱，一直有人拿東西給她吃。

聽到蘇老太太的敘述之後，在場的人臉色都越來越難看。

因為這樣的經歷，對這些從小就住在山邊的村民們，以及那些長期從事山難救援工作的人員們來說，並不算陌生。

魔神仔，就是山林之間傳聞，會抓人與惡作劇的小鬼。

想不到廟會才剛以最完美的情況落幕，過沒多久又傳來這樣的噩耗，讓鄉里之間人心惶惶，全部都跑到里長家開會。

會這樣主要是因為鄉下地方居民平均年齡都偏高，在這種情況之下，沒人敢保證類似的情況不會再發生。

「大家不要擔心，」丁村長出面對擔憂的村民說：「或許別的地方遇到這種情況會很煩惱，不過我們村莊不用擔心，只要麻煩一下鄧廟公，跳個鍾馗就沒事了。」

丁村長會這麼說，當然是有原因的，因為幾年前，發生過類似這樣的事情，就是靠著鄧廟公跳鍾馗，讓事情有了完美的落幕。

當然鄧廟公在村里之間的名聲，也是一個保證，因此聽到村長這麼說，大家都安心了。

於是，帶著村民們的期待，丁村長再度來到了鄧廟公的面前，並且要求他跳鍾馗來消災解厄，為村民帶來安定的情緒與平安的生活。

3

即便已經過了這麼多年，當聽到丁村長說到「跳鍾馗」這三個字的時候，鄧秉天還是身子微微地震了一下。

雖然對跳鍾馗有所顧忌，但是鄧秉天還是一口答應，因為他還有強大的後盾。比起他的父親，雖然他完全不會跳鍾馗，甚至連規矩都完全不知道，不過他可是有專家可以依靠。

那個專家就是過去鄧秉天曾經拜他為師的施道長，雖然不是鍾馗派的本門弟子，但是對於跳鍾馗這件事情，他都可以當人家師父了，因此就功力來說，絕對不成問題。

尤其是在廟會活動期間，施道長還一度造訪過鄧秉天，雖然帶來了頑固老高的死訊，但是在最後還是承諾，不管有任何困難，他都依然會支援鄧秉天。

所以即便心中非常排斥「跳鍾馗」，但是有了這樣的強大後盾，鄧秉天一口答應了這件事情。

「那麼，」丁村長離開之前，再三跟鄧秉天感謝：「一切都拜託你了，村民們大家真的都很不安，既然鄧廟公你願意為村民們跳鍾馗，我相信大家一定都會很安心的。」

「哪裡，別那麼客氣，」鄧秉天豪爽地說：「能夠為村子裡面的大家做事，是我應該做的。」

鄧秉天送丁村長到大門，丁村長又寒暄了幾句之後，才轉身離開。

鄧秉天本來想要關門，卻看到了有個身影，剛好跟剛離開的丁村長擦身而過。那是外出剛好返家的玟珊，兩人就站在那邊交談了一下。

看到這景象，不免讓鄧秉天皺起了眉頭，心中希望村長不會多嘴，說出一些他實在不想要讓玟珊知道的事情。

然而事與願違，只見玟珊原本笑著跟村長打招呼的臉色，在講了幾句話之後，開始逐漸垮了下來，雖然勉強還是保持著些微的微笑，但是可以很明顯的從眉目之間，讀到惱怒的情緒。

兩人之間沒有交談太久，又多說了幾句話之後，丁村長揮了揮手，然後朝著村子而去。

丁村長才剛跟玟珊擦肩而過，玟珊臉上那些微的微笑也瞬間消失，取而代之的是不悅的表情。

玟珊瞪著站在廟門口的秉天，兩人四目相接，當然秉天也知道，玟珊火大的理由。

這已經不是什麼新鮮事了。

只要每次有村民或者是村長，希望秉天做些類似這樣的事情，被玟珊知道了，爭吵就是在所難免的事情了。

玟珊怒氣沖沖地朝著廟而來，秉天轉身入廟，因為他不希望站在廟門前就跟玟珊吵起來，以免等等丁村長或者是其他人經過，看到了或聽到了總是不好看。

秉天一路走進辦公室，玟珊緊跟在後。

「你到底要到什麼時候才願意跟村長說清楚？」玟珊一走進辦公室劈頭就問。

「說什麼？」鄧秉天裝蒜地聳了聳肩。

「你自己知道，」玟珊嚴厲地說：「阿爸，這一次不是開玩笑的，跳鍾馗耶，你完全沒有學過，你真的都不怕出事嗎？而且村長說了，跳鍾馗這件事情很危險。」

「是喔。」鄧秉天一臉無所謂地掏著自己的耳朵。

看到鄧秉天這種無所謂的態度，玟珊更加火大，雙手重重地拍在辦公桌上：「我不管，你現在就去跟村長說，你、不、會！要他另外找別人。」

聽到玟珊這麼說，原本一臉無所謂的秉天也火大了，沉下了臉瞪著玟珊說：「妳現在是怎樣？是要拆妳阿爸我的台嗎？跟妳說我會搞定。」

「你以為我不知道你會怎麼搞定嗎？」玟珊搖搖頭說：「不是亂搞一通，就是找——」

「住口！」秉天用手比了比外面說：「妳那麼厲害，不然妳來啊！」

「不是厲害不厲害的問題，」玟珊說：「這是有危險的！連自己的命也不顧？你就真的那麼在乎自己的名聲？就一定要搞這些事情？」

「奇怪耶！」秉天雙手盤於胸前說：「今天又不是我沒事去找事，是村長來拜託我的，過去哪一次不是這樣？」

「如果你老實說你不會，他們還會找你嗎？」

「誰說我不會！」秉天不以為然。

「好！」玟珊點了點頭說：「那你說！跳鍾馗有哪些步驟？又要做些什麼事情？你連做個法事都需要拿我的電腦去查半天的資料。」

會這麼說是因為過去這一年，村子裡面有許多老人家往生，後事方面村民全部都是拜託鄧秉天處理。

結果鄧秉天雖然接受了村民的委託，但是卻什麼都不懂，還拿了玟珊的筆電查了半天。

玟珊當初也因為這件情跟秉天吵起來，要他就坦白告訴村民他不會，讓村民找些禮儀公司這些比較懂的人來處理。畢竟後事對很多人來說，意義重大，真的不應該臨時抱佛腳的亂搞。

但是秉天卻嘴硬不願意承認自己不會，當然也是硬著頭皮上。

「我已經說過了，」秉天不耐煩地說道：「那是我太久沒處理，所以才需要確認一下，最後我還不是處理得很好？」

「哼，」玟珊相當不以為然：「是很好，如果真的那麼好，為什麼那些墓園的工人會說從來沒見過人家這麼處理的？」

「那是他們見識少！」秉天揮揮手一臉不屑：「以為在墓園工作了幾年，就各種習俗都懂了嗎？各門各派那麼多種處理方式，妳又知道他們是真的懂了？」

聽到秉天這麼說，玟珊沒有回應，只是瞪著秉天。

「好！」秉天向後靠在椅背上：「就算『假設』我真的不會，那又如何？大部分的情況之下，民俗信仰不就是這麼一回事。我不相信全台灣所有的廟公，都非常確定自己所有說的話，都是千真萬確的。別的廟公沒有比較會啦，這些事情不就是這麼一回事嗎？所有信徒上門來，不都是求個心安，我讓他們安心，妳管我會不會又有什麼意義？還是妳是在指責大家迷信嗎？」

「我不是指責大家迷信，」玟珊反駁：「而是認為你不應該不會裝會，就只為了逞強、好面子！」

「我最後再強調一次，」秉天冷冷地說：「不是我去找他們，問他們要不要丟一些事情給我處理，恁爸沒有那麼閒啦！都是他們找上門的。」

「就算是他們找上門，」玟珊說：「你也可以坦白說你不會處理啊！如果你不想要回絕，為什麼就不能真的去學一點真材實料的東西？」

聽到這裡秉天抿起了嘴。

天曉得他試過，他真的試過，不過學不到一年就被掃地出門了。

可是關於這件事情，秉天當然沒有告訴玟珊，因此玟珊根本完全不知道。

「你知道，」玟珊接著說：「每次見到村裡面的人，每個人都對你讚譽有加，你有沒有想過，如果他們知道你是這樣的人，他們會有多傷心？」

「這不需要妳煩惱啦，」秉天不耐煩地說道：「光是有妳這女兒，我就很傷心了啦，我都那麼傷心了，又哪來的心情管別人傷不傷心？那麼怕人傷心，就先從自己做起，少讓妳阿爸我傷心了。」

聽到秉天這麼說，玟珊氣得張大了嘴，但是半天說不出話來。

就這樣僵持了一會之後，玟珊將嘴一閉，狠狠地瞪了秉天一眼之後，轉身氣沖沖地離開了辦公室。

看到玟珊氣憤地離開，秉天無奈地搖搖頭，然後大大地吐出一口氣。

其實玟珊會這麼生氣，最主要還是因為這一次蘇老太太的事情，幾乎全村上下都知道，玟珊也有去幫忙，為那些辛苦上山搜尋的救難人員準備餐點。

最後雖然找到了蘇老太太，但是卻讓村民們很不安。

這些事情玟珊都知道，當然也知道類似這樣的事情，常常都會接二連三的發生。

如果說秉天的人生終究有向村長與村民們自首的一天，那麼玟珊非常希望就是這一次。

一來，如果秉天亂搞，誰也不敢保證，類似這樣魔神仔誘拐人的事件不會再次發生。這一次蘇老太太是回來了，但是下一次如果又有同樣的情況發生，恐怕就沒那麼幸運了。

再者就是丁村長告訴玟珊，跳鍾馗是件非常危險的事情，雖然效果很好，但是一個不小心，反而會害得有人喪命，如果是其他村子，肯定不敢這麼做。然而這個村子不一樣，因為有了鄧廟公，他有跳過。因此這一次絕對可以順利解決。

聽到玟珊臉都綠了，丁村長還在那邊說，我們村子裡面有鄧廟公一家人真是三生有幸之類的話，讓玟珊笑得十分心虛。

既然這麼危險，玟珊實在不了解，為什麼自己的爸爸秉天會答應村長，更不了解究竟為什麼，這些年來秉天明明什麼都不會，卻能夠唬得村民一愣一愣的。

所以玟珊才會這樣跟秉天吵起來，因為她實在不願意幫著自己的爸爸，一直欺騙這些從小就看著自己長大的村民們。也同樣擔心自己的爸爸這樣夜路走多了，總有一天會撞到鬼。

當然，玟珊不知道的是，父女倆之間的這場架，完全是白吵的。

因為如果沒有任何後援，就算給鄧秉天一大筆錢，或者用刀架在他的脖子上，他都不會答應這檔事。

其他事情絕對沒問題，唯獨就是「跳鍾馗」這件事情，鄧秉天說什麼都不會願意。

當年，就連施道長告訴秉天，想要加入鍾馗派，第一個要學的就是「跳鍾馗」，鄧秉天說什麼也不想學。

哪怕連聽或看，都不想要。

當然，如果是鍾馗派的弟子，鄧秉天可能當天就被轟出去了。

不過因為施道長並不算是鍾馗派的正式弟子，當然也不強求，鄧秉天想學什麼就學什麼。

對鍾馗派的道士來說，最重要的兩個功夫，就是跳鍾馗與從鍾馗祖師爺那邊所流傳下來的口訣。

然而在這兩個之中，跳鍾馗是個任何人都可以學習的技巧。

不一定需要拜入鍾馗派的門下才能學習，就實際上的情況來說，過去在戲班盛行的時代，幾乎每個戲班都會派人到鍾馗派去學習跳鍾馗。

這不只是動土、開戲還能夠驅邪避凶，算是個非常實用的技巧。

然而實用的背後，當然還隱藏著它的禁忌與風險。

至於口訣的部分，在過去都是由師父在傳授跳鍾馗的時候，從旁觀察弟子的本性與人格，再決定是否收為本家弟子，決定讓該弟子入門，才會開始傳授口訣。會有這樣的情況，主要就是因為口訣的內容十分強大，一旦遭人濫用，很可能引發嚴重的後果。

然而在第六代喪失了大半的口訣之後，口訣的威力大減，加上口訣的內容有許多缺漏，有許多地方會有不通順，甚至是幾乎沒有意義的部分。雖然可以去之，但是考量到這是從鍾馗祖師傳下來的東西，許多師父多半不敢任意捨棄。最後成了累贅，增加了記憶口訣的難度。

在這種情況之下，記憶力成了鍾馗派道士後來必備的能力。

於是這些年發展下來，鍾馗派也開始有了一些轉變。

能不能記住這些口訣，也成了很重要的關鍵。

所以有些師父開始循序漸進，甚至採取考試制度，為了就是從中挑選出能夠傳承下去的人。

在跳鍾馗階段，端詳過人品與才能之後，即便正式開始傳授口訣，也還不能正式算是鍾馗派的門人。

最主要就是要看看弟子能不能夠記住口訣。

如果連前面比較簡單、基本的口訣都沒有辦法記住，那麼可能就不會正式被鍾馗派收為本門的弟子。

當年的秉天就是這樣，然而事實上不只有秉天，就連施道長自己也是一樣。

要成為鍾馗派的本家弟子，都必須至少背熟四套，也就是比較低階的那四種靈體。

一旦有弟子背熟了四套之後，會由師父抽考，確定可以順利背出這些口訣，才會向上呈報，再由各派的掌門親自確認，通過這一連串的考驗，才算是正式成為鍾馗派的弟子。

而師父也才會把剩下的八套，也就是中階與高階的口訣，全部傳授給弟子。

這也算是現代鍾馗派比較流行的做法，不過其中也有些例外的案子，像是當年的呂偉道長，就是直接收了阿吉這個徒弟，沒有經過這些繁雜的步驟。

如果沒有過去的陰影，或許，秉天可以成為玟珊口中所說的那種有真材實料的廟公。

不過對秉天來說，事情只要能夠解決就好了，或許應該說，現在的狀況說不定比當年自己真的學了跳鍾馗還要好。

不但不需要自己出面犯險，還能夠有這樣強而有力的後盾。

雖然同樣都不是鍾馗派本家的弟子，不過施道長的跳鍾馗功力，也算是相當純熟，畢竟都開門授課了，自然經驗各方面都比一般道長還要強。

所以如果時光倒回，秉天應該還是不會學。

畢竟只要幾通電話就能搞定的事情，真的不需要學。

因此答應村長跳鍾馗的那天，在跟玟珊吵完架後，秉天立刻打了通電話給施道長，希望他可以過來幫忙。

當然，一切都跟秉天計畫的一樣。

施道長遵守了廟會活動的時候，跟秉天說的那些話一樣，允諾會來幫忙。

說是幫忙，其實從頭到尾跳鍾馗的都是施道長。

不過這點其他人並不需要知道，甚至連玟珊也不需要知道。

兩人約定好時間之後，秉天也立刻打電話告訴丁村長。

跳鍾馗的日期，就訂在三天後。

跳鍾馗的當天，秉天起了個大早，玟珊也醒了，兩人在廟宇後方相遇，連眼神都沒有半點交集。

父女倆因為那天的爭執，一直到現在都還在冷戰。

秉天完全不以為意，畢竟這可不是兩人第一次冷戰了，光是想靠冷戰就要秉天改變自己的決定，不得不說玟珊還太天真了。

秉天到辦公室裡面，給施道長打通電話，希望跟他再次確定，並且約定一個比較確切的時間。

村民們過去就有幫忙過準備跳鍾馗的經驗，因此這一次也預定晚上七點會來幫忙。

鄧秉天不希望任何村民看到施道長，所以打算跟施道長約個村民都離開之後的時間。

就九點好了。

鄧秉天拿著話筒，心中想好了時間。

九點到時候肯定村民都已經早就回去了，所以如果施道長那時候來，肯定不會被任何人撞見。

電話接通的同時，玟珊剛好經過辦公室門口，看到秉天在打電話，臉色立刻又沉了下來。

秉天揮了揮手，示意要玟珊離開，但是玟珊仍然站在門口，瞪著秉天。

這時有人接起了電話。

「喂，施道長嗎？」

對方回應，但是聲音卻完全不是施道長的聲音，而是一個陌生的聲音。

鄧秉天皺起了眉頭，聽了一會之後，臉色開始沉了下來，甚至有點鐵青。

看到這情況的玟珊，更不可能離開，靠在門邊，靜靜地等待著秉天講完電話。

這時的秉天似乎也沒有心情管玟珊了，鐵青著臉回答了幾個問題。

過了一會之後，只見秉天對著話筒說：「好，我等等就過去。」

秉天掛上了電話，臉上卻仍然殘留著似乎受到驚嚇的表情。

「什麼事？」即便冷戰中，但是從秉天的臉色也知道，有事情發生了。

秉天愣了一會之後，才深呼吸口氣答道：「施道長，不是，施伯伯……死了。」

第6章・假戲

1

施道長就坐在自己辦公室裡面，雙手低垂癱坐在辦公椅上，口吐鮮血，雙目圓睜，死前的臉色盡是痛苦的扭曲。

最先發現施道長的是今天要來學習跳鍾馗的一個學生，打開辦公室就看到這一幕駭人的景象。

那名學生嚇到腿軟，拿手機報警，一直到警察趕到現場，那學生都還沒能從地板上站起來，可見現場的血腥與恐怖。

現場立刻進行封鎖，警方也開始調查。

而當員警看到了施道長背部那三個宛如從體內爆炸開來的傷口時，立刻聯想到了發生在半年多前的慘案。

就在調查途中，施道長的手機響起，負責的警員接起了電話，來電的人正是鄧秉天。

由於關於施道長的死，警方很重視，所以在電話中，承辦人員對鄧秉天提出了協助調查的要求。

鄧秉天不敢拒絕，乖乖到了警局報到。

警方將鄧秉天帶到了偵訊室，由兩個警員負責詢問鄧秉天相關的問題。

這時鄧秉天才知道，原來在施道長死後，警方立刻調查施道長的手機，發現鄧秉天跟施道長也算是長期保持通訊的友人，因此早就已經鎖定了鄧秉天，希望可以問他關於施道長的情況。

更重要的是，前幾天鄧秉天才打過一通電話給施道長，因此希望鄧秉天來協助釐清一些案情。

誰知道還沒去找鄧秉天，鄧秉天就自己打電話過來，因此才會特別提出要求，希望他可以前來警局一趟。

兩位警員向鄧秉天詢問相關的事情，諸如他與施道長的關係，以及最近這幾通電話是在聯絡些什麼事情。

鄧秉天當然據實以報，告訴警方兩人曾經在多年前，有師徒的關係，但是後來因為一些私人因素，所以沒辦法維持這段師徒關係。由於自己也有在經營廟宇的關係，所以有些事情常常會請教施道長，因此這些年來還是有在聯絡，最近這一次聯絡也是因為這樣。

接下來警方問到關於施道長的交友關係，還有是否與人結仇之類的問題，其實鄧秉天完全不清楚，因此也沒什麼有用的消息可以提供警方。

當然也是在偵訊過程之中，秉天才知道，原來施道長是被人殺害的。

詢問告一段落之後，其中一個警員對鄧秉天說：「目前就到這裡就可以了，接下來會由負責的檢察官詢問你其他的問題，請在這邊稍等一下。」

在這麼告訴秉天之後，兩名警員便離開了偵訊室，留下鄧秉天一個人在偵訊室裡面等待檢察官的前來。

想不到施道長，竟然是被人殺害的，這讓鄧秉天的內心感覺到不安。

畢竟距離他得知高師祖的死訊，還不到一個月的時間，而現在連施道長都慘遭毒手，不免讓鄧秉天開始懷疑，會不會凶手根本就是鎖定這些道長行凶的。

這也是第一次，鄧秉天慶幸自己不是他們門派的弟子。

不過不管怎麼說，不論是高師祖還是施道長，對鄧秉天來說，都是他內心相當尊敬的人物，聽到了他們的死訊，還是讓鄧秉天覺得有點大受打擊，甚至感覺到難受。

就在這個時候，偵訊室的大門打了開來，一個身穿套裝的女性走了進來。

「你好，」女性在對面坐了下來：「我是負責這件案子的檢察官，我叫做陳憶玨。」

沒想到負責的檢察官竟然會是個女性，這讓鄧秉天一時之間有點不知所措。

「相信一些基本的資料跟詢問，」陳檢察官對鄧秉天說：「剛剛已經有兩位警員問過你了，這邊我會問一些比較……不一樣的問題。」

鄧秉天皺著眉頭，緩緩地點了點頭，心裡卻想著到底是怎麼個不一樣法。

「施昕宸，」陳憶玨看了看資料說：「也就是本案的死者，你知道他是什麼門派的嗎？」

似乎真的沒想到陳憶玨會問這樣的問題，鄧秉天愣了一下才點頭說：「知道，施道長跟我說過，我們……門派沒有固定的名字，不過大部分都稱呼為鍾馗派。」

陳憶玨點了點頭，然後眼神從資料上轉移到了鄧秉天的身上，看了一會之後，才緩緩地說出：「你……會跳鍾馗嗎？」

聽到陳憶玨所謂的不一樣的問題，確實讓鄧秉天先是驚訝地瞪大雙眼，然後過了一會之後，緩緩地搖了搖頭。

「不會？」陳憶玨顯得有點訝異：「那你知道跳鍾馗嗎？」

鄧秉天點了點頭。

「這倒是有點奇怪，」陳憶玨翻了翻剛剛兩個員警所做的口供說：「因為在剛剛你所說的口供裡面，你說你曾經拜施道長為師……你知道成為鍾馗派的弟子，第一堂課就是跳鍾馗。」

「我知道，」鄧秉天面無表情地說：「但是不管是我還是施道長，都不是鍾馗派門下的弟子。學過，但是不算是正式的弟子。也因為這樣，所以不是一定要學那個東西。」

陳憶玨發現在鄧秉天用「那個東西」來形容跳鍾馗的同時，臉上的表情有點些微的變化，看起來就好像非常不願意提起這個東西來一樣。

「我不知道有沒有人告訴過你，」陳憶玨說：「不過大約在半年前，鍾馗派的一個大人物，也就是南派的掌門，也同樣被人殺害了。不只有他，就連他的女兒，以及他們的一部分弟子，都被人殺害。簡單來說，就是一場類似滅門血案的慘案。」

「我知道，」鄧秉天低著頭說：「不過我是上個禮拜才知道，告訴我的人就是施道長。」

「連同施昕宸在內，」陳憶玨說：「這些死者身上的傷口都非常特別，這也是為什麼我們懷疑殺害施昕宸的凶手，跟半年前的那起慘案的凶手，應該都是同一個人。不然至少，所使用的方法或武器，應該是相同的。」

鄧秉天一臉疑惑地點了點頭。

畢竟這些細節，鄧秉天是第一次聽到。

「如果可以的話，」陳憶玨沉吟了一會之後說：「我想請你看一下那些傷口，看你可不可以告訴我們一點什麼想法。」

鄧秉天並不覺得自己對傷口的了解，可以幫助到警方，不過哪怕只有一點可能性，他也希望可以協助警方，畢竟，這個凶手所殺害的，對鄧秉天來說都是打從心裡敬重的人。

因此，猶豫了一會之後，鄧秉天緩緩地點了點頭。

「我手邊目前還沒有施昕宸的照片，」陳憶玨說：「所以請你看的是半年前的那些照片，不好意思麻煩你了，這些照片可能有點……」

鄧秉天點了點頭，畢竟要看的是傷口，就不可能避開那些血腥的畫面。

陳憶玨從檔案夾之中，拿出了一些照片，將它們放在桌上。

不過才看一眼，鄧秉天就瞪大了雙眼，因為照片裡面的那張臉孔，正是多年前跟自己有一面之緣的高師祖。

然而照片中的高師祖臉部表情扭曲無比，幾乎都快要認不出來了。

對鄧秉天來說，那天被逐出師門，但是貴為師尊的高師祖，竟然親自來安慰他，而且還要求施道長，即便無緣成為師徒，也要支援自己，成為自己這些年來最強大的後盾，這些都讓鄧秉天感激在心。

因此見到了高師祖慘死的照片，鄧秉天原本深藏在心中的那股悲傷，瞬間一湧而出，情緒就像是潰堤的水壩，讓鄧秉天真的崩潰了。

「師祖！」

秉天對著照片大叫痛哭，就連陳憶玨也嚇了一跳。

只見秉天對著照片連叩了好幾個頭，痛哭失聲。

這些年來自己之所以能夠再度回到故鄉，並且成為人人讚賞的廟公，都是拜這位在照片之中慘死的高師祖之賜。

如果沒有他當年那一句話，施道長也不可能成為自己強力的後盾。

或許念在師徒之誼，幫個一兩次有可能，但是像這樣一扛就是二、三十年，而且完全沒有酬勞，甚至連功勞都是秉天一個人領了。

不是高師祖的那句話，沒人會這麼無怨無悔。

因此，親眼見到了高師祖的死狀，心中悲痛無比的鄧秉天，當場痛哭失聲。

這恐怕是鄧秉天，在自己雙親雙亡之後，哭得最傷心的一天。

就連鄧秉天自己也不知道，情緒竟然會如此強烈，明明已經知道高師祖死亡的消息，然而聽到死訊，跟親眼看到死狀是完全不同層次的。

在親眼看到大恩人高師祖的死狀，終於讓鄧秉天崩潰了。

「到底……到底是誰……會做出這樣的事情？」

「這正是我們現在極力想要調查的。」陳憶玨淡淡地說。

陳憶玨給鄧秉天一段時間稍微平復一下心情，還請員警給了鄧秉天一杯咖啡，讓他可以慢慢整理一下情緒。

在猛灌了兩杯咖啡之後，鄧秉天的情緒終於平復了許多。

傷口的部分，鄧秉天完全沒有看過類似的情況，看起來就好像有什麼東西在體內向外爆開來一樣。

接下來陳憶玨也問了一些關於鍾馗派的事情，然而對於關於鍾馗派的事情，鄧秉天這邊知道的其實非常有限。

畢竟拜在施道長門下的那一年間，確實有聽到一些關於鍾馗派本家的事情，不過由於施道長本人，也不算是鍾馗派本家的弟子，就連召開所謂的鍾馗派道士大會，施道長也沒有參加的資格。因此施道長自己都得不到多少訊息的情況之下，更遑論施道長這個只收了一年，連第一套口訣都背不起來的弟子。

想不到鄧秉天對鍾馗派所知甚少，讓陳憶玨有點訝異，畢竟剛剛看他痛哭失聲的模樣，不像是裝的，但是從他的角度看起來，他說不定連頑固老高的臉都沒見過才對啊。

「所以你見過頑固老高嗎？」陳憶玨提出心裡的疑惑。

「嗯，見過，」鄧秉天面有難色地說：「可以請妳不要這樣稱呼高師祖嗎？」

「你說頑固老高這個外號嗎？」

「嗯，我知道很多人這麼稱呼他，」鄧秉天望向收有高師祖照片的檔案夾說：「對我來說，雖然我沒用，沒能成為他們的徒弟，但是他是我心中永遠的高師祖。」

陳憶玨點了點頭，示意要鄧秉天說下去。

「很多年前，」鄧秉天說：「在我離開施道長門下的時候，高師祖特別來拜訪過我……」

說到後面，鄧秉天又有點哽咽了起來。

「那時候他還不是南派的掌門吧？」

「不是，」鄧秉天皺著眉頭說：「那時候的掌門應該是他師兄……不好意思，我不記得他叫什麼名字了。」

聽到鄧秉天這麼說，陳憶玨難免有點失望了。

畢竟那時候的掌門比起頑固老高來說，還要更加出名，如果連劉易經這三個字，都沒有辦法說出來的門人，想從他口中得到更確切的訊息，似乎真的有點為難。

只是現在的情況，實在太過於詭異，而且也太過於絕望了一點。

一切都從半年前的這起發生在頑固廟的血案為開端，一夜之間，鍾馗派的門人非死即失蹤，而且那些失蹤的人，就好像瞬間人間蒸發一樣。

在那之後，陳憶玨與警方團隊，試圖想要找到任何失蹤的鍾馗派門人，但是至今半年過去了，連一個也找不到。

好不容易找到了兩個，沒有記錄在案的門人，卻是一個死，一個什麼都不知道。

「好了，我想應該到這裡就可以了。」

雖然說得輕鬆，但是陳憶玨的內心卻是失望無比。

「很抱歉，」鄧秉天低頭說：「我沒能幫上什麼忙，但是請檢察官一定要找到殘殺高師祖與施道長的凶手。」

陳憶玨抿著嘴，點了點頭。

當然不需要鄧秉天說，陳憶玨也絕對會這麼做。

只是兩人絕對想不到，這兩起案件，其實根本不是同一個人所為。

如果，頑固老高的死，可以視為一場事件的落幕。

那麼，施道長的死，則是一場風暴的起點。

不管是陳憶玨還是鄧秉天，根本完全沒有意識到這一點。

從警局離開之後，鄧秉天有這麼一段時間，有點難以消化剛剛得知的訊息，加上心情雖然平靜下來，但還是有點難受，因此一個人在市區閒晃了一會才踏上返家的路。

鄧秉天回到廟宇的時候，已經晚上了。

才剛到廟門口，立刻聽到廟裡面傳來騷動的聲音。

「回來了！」丁村長率先對鄧秉天說：「終於！嚇死人了！怎麼一整天打你手機都沒通啊？」

這時鄧秉天才想到在警局的時候，自己把手機關機了，一直都沒有把手機打開。

「不好意思，」鄧秉天愣愣地說：「今天剛好有點急事去處理了一下。」

「沒事吧？」丁村長問。

「沒事，沒事。」鄧秉天搖搖頭。

「沒事就好，」丁村長比了比前庭：「好在的是，我以前有幫忙準備過，因此差不多都準備好了。」

鄧秉天看著前庭原本擺著大香爐的地方，已經被扛到了角落，取而代之的是，一張木桌的法壇。

原來鄧秉天不在的時候，丁村長已經指揮了其他人，佈置好了晚上要跳鍾馗用的法壇。

而就在這個時候，一個嚴重的問題才提醒了秉天——那就是施道長已經身亡，根本就沒有人會跳鍾馗了。

2

從小到大，每次只要有問題的時候，就會見到一個熟悉的身影。

小時候，玟珊都稱呼他為施伯伯。

雖然小時候不懂事，知道的事情也不多，不過連玟珊都感覺得到，這個施伯伯不太一樣。

施伯伯不是村子裡面的人，只知道好像認識阿爸秉天很長一段時間，不過這些都不是最奇怪的地方，最讓玟珊感覺到奇怪的地方，是施伯伯來訪的時間，總是很晚的時間。

然後另外一個讓玟珊不解的地方是，每次只要施伯伯出現，打完招呼之後，都會被阿爸鄧秉天趕回房間。

當然，一方面是因為施伯伯到訪總是很晚，有時候甚至接近深夜，不過玟珊總覺得還有其他的原因。

感覺就好像施伯伯跟阿爸之間，似乎在進行什麼不想讓玟珊看到的事情一樣。

長大之後，玟珊才大概知道，施伯伯其實是個道長，雖然阿爸鄧秉天從來不曾明說，不過玟珊也有感覺到，施伯伯似乎有在幫忙秉天處理事情。

當然，玟珊完全不了解，為什麼每次施伯伯幫阿爸都這麼偷偷摸摸，似乎很忌諱被其他人看到一樣。

一度，玟珊曾經懷疑過，會不會施伯伯有什麼把柄在阿爸的手上，所以不得不來幫忙阿爸。

不過，看阿爸對施伯伯的態度，似乎很尊敬，因此應該不會是這個原因才對。

雖然不知道為什麼，不過對於施伯伯到底為什麼會出現在廟宇，其實這些年以來，玟珊也有了一點底。

那就是施伯伯可能真的是個真材實料的道士，專門就是幫阿爸處理需要真材實料上陣的事情。

然而這個猜測永遠都沒有解答的一天了，因為施伯伯已經死了。

在鄧秉天前往警局協助調查之後，玟珊也跟著外出。

對玟珊來說，雖然鄧伯伯的猝死，的確很讓人難過。

但是如果因為這樣，料想阿爸應該也沒辦法繼續再靠著施伯伯騙人了，對阿爸來說，或許是這不幸之中的唯一一點值得慶幸的地方。

忙了一天之後，玟珊拖著疲累的身體回到了廟宇，結果跟玟珊料想的完全相反，前庭不但已經佈置好開壇的模樣，就連其他正準備離開的人，還紛紛要秉天加油。

「那就萬事拜託了。」丁村長拍拍秉天的肩膀，然後帶著大家離開。

因為跳鍾馗一般都需要清場，這些規矩丁村長等人也都知道，因此開壇之後，眾人便一起離開。

等到眾人都離開了之後，玟珊立刻沉下了臉，剛轉過身，連話都還沒說出口，秉天就雙手一擋，阻止了玟珊。

「我不想吵，」秉天說：「就今晚不要吵，可以嗎？」

「當然不行！」玟珊比了比法壇：「你這是幹嘛？」

「幹嘛？開壇啊。」

「開壇？」玟珊一臉不以為然：「難不成你真的會跳鍾馗嗎？」

「我有說我要跳嗎？」

「那你開壇幹嘛？」

「開壇擺著看，不行嗎？」

鄧秉天說完，轉身就想要回去辦公室。

「其實一直都是施伯伯對不對？」玟珊說：「原本你也打算今天找施伯伯來，讓他來幫你跳，對不對？」

這些問題絆住了鄧秉天的腳步，讓他停了下來。

「但是現在施伯伯已經不在了，」玟珊接著說：「為什麼你還堅持要這樣做？」

「我不是說我沒有要做了？」鄧秉天轉過身來說：「我從警局回來的時候，村長與其他人就已經佈置得差不多了，我又能怎樣？妳跟我吵這些又有什麼用？不然妳要我怎麼辦？」

「要你怎麼辦？」玟珊向前一步，一臉難以置信地說：「去跟村長說清楚啊！取消這次跳鍾馗啊！」

「妳放一百個心，」秉天搖搖手指說：「就算給恁爸一百萬，我也不會跳。」

「那就去跟村長講啊！」

「有差嗎？」秉天不解地搖著頭說：「為什麼妳就一定要我去把這些事情告訴其

他人？我不跳就是了。有什麼必要還要敲鑼打鼓，告訴大家說：『嘿！看喔！這裡有一個廟公沒有跳鍾馗喔！』妳這樣做的意義到底是什麼？就是要給我難看？去講，不去講，總之今天晚上都不會有人跳鍾馗了，這樣妳滿意了嗎？」

「可是你現在不去講，」玟珊說：「大家不就以為你有跳？」

「這樣不是很好？」秉天攤開手說：「讓大家安心，不用每天都提心吊膽的，這樣就夠了。」

「那如果同樣的事情又發生了呢？」玟珊不悅地說：「如果又有老人家被魔神仔帶走呢？」

「那時候大家就知道沒效啦，」秉天一臉無所謂地說：「當然也不會再找我跳啦，我的名聲也臭掉啦！正合妳意，不是嗎？我到底是造了什麼孽，生了妳這個老是希望我身敗名裂的女兒。夠了！我今天不想再跟妳吵這事情了，這件事情就到此為止！」

秉天說完之後，不再理會玟珊，自顧自地走進辦公室裡，並且重重的把門關上。

3

衝回房間內，玟珊一時之間真的有種想要摔東西的衝動。

為了這種事情，父女倆已經有過無數次的爭執了。

每次看到那些從小就看著自己長大，那些純樸的鄉民，靠著汗水和淚水辛苦工作換來的一點錢，最後總是捐獻到廟裡來的時候，玟珊都有種說不出的罪惡感。

這樣的罪惡感，隨著玟珊越來越懂事，也越來越重。

當然，秉天說的話，玟珊不是全部不了解，畢竟的確在這種純樸的鄉下地方，信仰不是一種選擇，而是一種人生。

從小到大的教育以及環境，讓這些純樸的鄉下人，有著善良的信仰，面對大自然的無情與多變，這已經是一種力量，保護著他們的心靈，讓他們可以在這樣的信仰下，不用提心吊膽，過著擔心受怕的日子。

信仰一直都是如此，對於安定人心方面，有著任何科學都無法比擬的效果。

然而玟珊真正希望的，不是這些村子裡的人不再擁有信仰，而是希望自己的阿爸，既然要當廟公，就應該去學些真材實料的東西。

畢竟整個村子從丁村長到那些村民，大家都非常信任秉天，在沒有真材實料的情況之下，從根本來說就是一種欺騙。

除了不願意看著阿爸一直欺騙村民之外，還有一件事情，是讓玟珊真正難受的。

那就是玟珊自己的無能為力。

打從越來越懂事之後，也逐漸了解到阿爸秉天的不學無術，讓玟珊很早就做出了決定。

既然秉天死都不肯上進，不想學一點真正的東西，那麼就自己來學吧。

於是，玟珊開始蒐集這方面的資料，希望可以學點相關的東西。

不過由於鄧家的廟宇，在地方還算小有名氣，多少也顧忌到家族的顏面，所以玟珊只能找些比較遠的地方，報名學習這些相關的課程。

只是對一個完全沒有經驗，又沒有任何相關知識的人來說，光是要找到可以學習真正真材實料的東西，比玟珊想像的還要困難。

由於玟珊長得還不差，頗具有姿色，因此遇到的人不是毛手毛腳的師父，就是以斂財為目的的廟公，這方面比起秉天可以說是有過之而無不及。

這讓玟珊不禁懷疑，難道說這一行只有騙子嗎？

真的所有人都是一些跟秉天一樣，什麼都不會，只想要藉民俗信仰來賺錢或卡油的人嗎？

這樣折騰了幾年，加上工作的關係，學習民俗信仰相關的事情，也逐漸被玟珊拋到腦後。

一直到大約一年前，玟珊的公司所在的大樓，有一個女性因為感情因素想不開，跳樓輕生。在那之後，大樓關於鬧鬼的傳聞就一直沒有停止過，搞得許多人人心惶惶。

於是大樓的管理委員會，決定辦場法事，來平息這些紛擾。

當然，一直對靈學與民俗信仰很有興趣的玟珊，在辦法事的時候，有過去看一下。而主持法事的一個道士，徹底吸引了玟珊的目光，也讓玟珊重新拾回對學習這民俗信仰的渴望。

那個負責這場法事的道士，跟玟珊一樣是個女性。

只見她看起來很有經驗地指揮著在場其他人佈置法壇，並且順口說了很多聽起來就好像很有這麼一回事的話，讓玟珊聽得一愣一愣的。

比起整天說些一聽就知道是屁話的秉天來說，就算這女道士沒有真材實料，但是光是說的得話就比秉天來得有料。就算被騙，相信也受益不少。

原本還打算一路看到最後，結果在正式開始之前，那位女道士請管理員協助清場，因此玟珊沒有辦法看到最後。

不過就在被管理員趕走之前，玟珊看了最後一眼，看到了那位女道士拿出了一樣讓玟珊覺得非常好奇的東西。

那是一個中國民俗傳統的戲偶。

這更讓玟珊好奇，到底那位女道士要用那戲偶做什麼。

當然玟珊不知道的是，當時她之所以被清場，就是因為那位女道士要進行的儀式，正是跳鍾馗。

在儀式結束之後，效果如何玟珊不是很清楚，不過在那之後，真的沒有聽過任何不安的傳聞。

當然，那一次的經驗，對玟珊來說，這就好像是汪洋中的燈塔一樣，指引了她的方向。

玟珊向大樓管理員打聽了關於那個女道士的資料，得知那位女道士叫做高梓蓉，是個在南部相當出名的女道士。

知道高梓蓉的身分與所在的廟宇之後，玟珊立刻找上了高梓蓉，並且懇求高梓蓉可以收自己為徒，讓她可以學習這些她長年渴望的東西。

「妳是在開玩笑吧？」高梓蓉一臉尷尬地笑著說：「我們好像差不多大耶，而且我壓——根兒沒有想過要收徒弟。」

雖然高梓蓉尷尬地婉拒，但是玟珊又怎麼可以錯過這樣的機會，不但再三懇求，還將自己想要學習的初衷告訴了高梓蓉。

終於在經過了幾次的拜訪之後，高梓蓉也逐漸改變了態度，只是當時時機可能比較不對。

「玟珊，」高梓蓉說：「最近我們廟裡面出了點事情，有一件非常重要的東西不見了，因此我們廟裡上下的人，都忙著要找回那個東西，所以現在時機可能不太方便。不過我答應妳，等到事情過去之後，找回那個東西，我願意幫妳學會妳想要學的東西。雖然不見得是我當師父啦，不過我保證妳一定會有最適合的老師，可以嗎？」

聽到高梓蓉這麼說，玟珊當真是開心到喜極而泣。

在經過這麼多年的折騰之後，玟珊終於有機會可以學到真材實料的東西了。

只是在那之後，玟珊就再也沒有見到過高梓蓉的身影了。

過了幾個月玟珊再次前往高梓蓉的廟宇，但是廟已經大門深鎖，似乎已經人去樓空了。

就這樣，到頭來還是一場空，玟珊還是什麼都沒有學會。

不過她還是希望，高梓蓉不是騙她的，只是因為有什麼突發的事情，讓他們不得不離開。

但是總有這麼一天，她會回來，並且願意收自己為徒。

至少，一直到現在，玟珊都這麼期盼著。

這些經過與過程，當然鄧秉天都完全不知道，就好像玟珊不知道過去的秉天，也曾經試著努力過，想要成為一個稱職的廟公一樣。

4

一陣敲門聲傳來，玟珊還在生著悶氣，因此沒有回應。

過了一會之後，房門被人打了開來，走進來的人是秉天。

「我剛剛跟村長聯絡過了。」

「嗯？」

聽到這句話，原本打算跟秉天冷戰的玟珊，立刻轉過頭來。

「我請他今天晚上收留妳，」秉天說：「我告訴他，跳鍾馗有危險，希望他那邊可以讓妳住一晚。」

「所以你還是沒有老實跟村長說？」玟珊冷冷地說。

「是要說什麼啦？」秉天不悅地說：「妳要說，今天妳就自己去說。反正我不會跳，妳今天晚上也不要在廟裡過夜，去村長家。隨便妳要怎麼拆妳阿爸的台，妳要說妳就去說啦。總之，妳今天就過去村長家過夜。」

「不要。」玟珊撇過頭去。

眼看玟珊鬧脾氣，秉天知道，這樣的爭吵也不會改變任何事情，因此他選擇妥協。

「我可以答應妳，」秉天說：「以後不會再答應村長跳鍾馗，至於要不要揭穿我就隨便妳，但是妳今天晚上就是要去村長家過夜，這是唯一的條件。」

聽到秉天這麼說，玟珊回過頭來，看著秉天。

雖然這不是玟珊想要的最好的結果，不過還算是勉強可以接受的提案。

「我不會說，」玟珊冷冷地說：「你放心，不過你不要忘記你答應我的事情。」

「好啦。」秉天不耐煩地說：「快點過去，村長他們要睡了，現在在等妳。」

玟珊拿出袋子，順手帶了幾件換洗的衣物，走出門口，正要出門的時候，看到了阿皓，決定帶著阿皓一起過去。

「阿皓跟我一起去。」玟珊對秉天說。

秉天本來想反對，不過阿皓去不去不是他在乎的事情，如果這時候反對，難保玟珊不會反悔，因此不耐煩地說：「隨便妳啦。」

「走，阿皓。」

光是這一聲，原本站在房門口毫無反應的阿皓，就轉過身來，乖乖地跟在玟珊後面。

「靠！」秉天見了不禁罵了一聲。

這就是長期以來，讓秉天最不爽的地方。

這傢伙真的就只聽玟珊的話。

有這麼一剎那，就連秉天也懷疑，到底這傢伙是真呆還是裝傻。

不過，這不是鄧秉天在乎的事情。

今晚，他只想要有個安靜的夜晚，好好睡上一覺，然後明天早上醒來，這一切都可以拋諸腦後。

至於未來，在失去了施道長這強大的後盾之後，遇到事情到底該怎麼辦，秉天還不想考慮。

不過他非常清楚，不管最後他想到了什麼辦法，過去的生活都已經結束了。

隨著高師祖與施道長的去世，那樣的生活也將永遠不再回來。

5

除了對跳鍾馗這件事情心中還是有點忌諱之外，戲要做足，也是鄧秉天的想法。

如果自己跳鍾馗，把兒女送到村長家，自然不會有人懷疑，鄧秉天根本不打算真的跳。

雖然不是很想順從自己父親的話，跟著阿爸一起騙人，不過玟珊最後還是帶著阿皓，走出了廟宇。

畢竟今天晚上，她真的不想要跟阿爸共處一室，不然兩人只有無盡的架可以吵。

今晚的天空，雖然有著濃密的雲層，但是此刻的月亮剛好清晰可見。

廟宇距離村子大概有幾分鐘的路程，需要下一個小小的斜坡，而村長的家又在村子的中心，所以整段路大概需要十分鐘左右的路程。

玟珊拉著阿皓，一路朝著村子去。

兩人就這樣走下了斜坡，村子裡面以田地居多，房子也都是平房為主的建築物，因此視野還算遼闊，可以看到遠處的山脈，以及村子裡面相隔一段距離才有的路燈。

為了擔心對於路況不是很熟悉的阿皓，因為視線不佳而跌倒，玟珊牽著阿皓的手，放慢腳步走在斜坡上。

這時已經快要到午夜時分，因此村子裡面的人家，只剩下幾戶還有著亮光。

玟珊很慶幸現在還有月光，不至於到摸黑前進，雖然這條路對她來說一點也不陌生，可是現在的她，還帶著阿皓，難免會有點狀況。

就在這麼想的時候，玟珊突然想到了一件事情。

與此同時，原本在身後一直跟著玟珊的阿皓，這時也突然停了下來。

這等於印證了此刻玟珊的想法，玟珊也停住腳步，緩緩地回過頭。

阿皓就站在那裡，兩眼不再無神地望著前方，而是皺著眉頭打量著四周。

光是皺著眉頭打量四周這個動作，在過去幾個月以來，玟珊就不曾見過。

看到阿皓的模樣，玟珊幾乎可以確定，阿皓真的跟丁侑心說的一樣，恢復了「正常人」的情況。

一時之間，玟珊心裡有點亂了。

雖然早就有打算在之後有機會，可以偶爾帶阿皓出來，照照月光，看看能不能讓他清醒。

誰知道卻是在這種情況之下，尤其自己一直到剛剛都還在氣自己的阿爸亂搞，因此完全沒想到會有這樣的情況，心中完全沒有半點準備。

「哈囉，」玟珊還是尷尬地笑著說：「阿皓，你……醒來了嗎？」

雖然說，醒來這個詞有點怪，不過這的確是玟珊現在空白的大腦之中，唯一能想得到的說法。

玟珊感覺心中有點怪，這種感覺，就好像是見已經熟識多年的網友那樣，熟悉之中卻有著陌生的感受。

阿皓眨了眨眼，似乎對於眼前的一切還不是很習慣，接著用力地吸了一口氣，然後……臉色越來越沉。

那對銳利的眼神，四處打探了一下。

以為是阿皓一時之間不知道自己在哪裡的玟珊，貼心地說道：「這裡是台南。」

但是這些話，似乎都沒有吸引住阿皓的注意，他仍然繼續看著四周，那原本微皺的眉頭，卻越來越緊。

「你……」

原本想要問問他知不知道自己是誰之類的話，誰知道才說了一個你，阿皓就突然開口了。

「……開壇了。」

「啊？」玟珊一時之間不知道阿皓在說什麼。開壇了？

還沒有聯想到阿皓所說的話時，只見阿皓突然轉過來對著玟珊，臉色略帶著點驚恐。

「你們在想什麼啊？」阿皓不悅地說：「壇已開，這鍾馗可不能不跳啊！會死人的！」

「啊？」這下玟珊終於知道阿皓說的，正是目前廟宇的狀況。只是她不了解的是，為什麼阿皓會突然清醒之後說出這些話。

不過阿皓完全沒有打算慢慢等玟珊搞懂，立刻接著問：「妳阿爸會跳鍾馗嗎？」

「不會。」玟珊搖搖頭，至少這點她非常清楚。

就她所了解的秉天，說不定現在已經洗好澡，然後上床睡覺了，壓根兒不打算把這些當一回事。

「那妳阿爸死定了。」阿皓直言：「聽我說，壇開了，就好像開門做生意的戲院一樣，現在幾乎方圓百里的鬼魂都會過來，妳自己想想，這些鬼魂如果沒看到跳鍾馗會怎麼樣？」

雖然沒有回答，不過就連玟珊的臉色也跟著沉了下來。

「對，」看到玟珊一臉不妙的模樣，阿皓點著頭說：「就好像整場戲院坐滿了買了票的民眾，結果電影突然宣布不放了，會有什麼樣的情況？」

即便是活人，這種情況恐怕也是抗議躁動，甚至引起暴動衝突，更何況這些鬼魂呢。

一想到自己的阿爸會這樣慘遭厄難，玟珊當然也顧不得這是自己期盼已久的時刻，有好多話想要對清醒的阿皓問清楚，轉過身立刻就朝著廟奔去。

「別……」

正準備開口阻止玟珊的阿皓，才發出一點聲音，立刻就停住了。

因為以目前的情況，阿皓並不知道。

會說出鄧秉天有危險的原因，是靠著腦海中的回憶，然後做出大致上的推敲。

實際上開壇到底多久，而目前又是什麼情況，阿皓並不十分清楚。

天曉得如果在鬼魂聚集而來的情況之下，兩人才離開廟宇，那麼自己跟玟珊都還在廟宇裡面，就算現在去村長家避難，恐怕也來不及了。

換言之，就算玟珊不回去，也可能早就已經被這些鬼魂鎖定了，就連阿皓自己，都可能已經來不及了。

這時候的阿皓非常清楚，唯一可以解救三人的辦法，就只有真的跳鍾馗了。

第7章・真做

1

鄧秉天的廟裡面。

一切正如阿皓所說的一樣。

壇已開，魂已聚。

陰氣全部朝著這座廟宇聚集，因為跳鍾馗的第一步，就是像這樣將方圓百里的鬼魂全部聚到現場。

鬼魂們全部都匯集在廟宇前庭的壇前，隨著聚集的鬼魂越來越多，這些鬼魂也逐漸成形，就算沒有陰陽眼的人，也有很大的可能性會與他們連上線，目睹他們的存在。

這正是跳鍾馗時不方便觀看的原因之一。

匯陰之所，自然不適合沒有修行的人在旁邊觀望，除非真的想要見鬼。

已經過了開壇的時刻，但是壇前卻不見跳鍾馗的人影，這讓在場的鬼魂，開始蠢蠢欲動了起來。

如果這時候，有人前來這座廟宇拜訪，肯定一進門就會被這景象給嚇傻。

通過正殿兩旁的走廊，到了廟宇的後半部，目前卻還是一切正常，因為鬼魂大部分都集中在前庭，也就是法壇所在的地方。

這時後面的其中一扇門被打了開來，一團濃霧的濕氣跟著湧了出來，過了一會之後，鄧秉天穿著無袖內衣以及短褲從一團濕氣中走了出來。

剛洗完澡的他，一臉悠哉地用白色毛巾擦著還滴著水的頭髮，準備回自己房間，然後狠狠地睡上一覺，明天早點起來，裝作一臉疲憊不堪的模樣，告訴大家已經完成跳鍾馗的儀式了。

接著，他可以預想的是，以丁村長為首的那些村民，又會像過去一樣，把自己捧上天，讚美之詞也會如氾濫的江水般源源不絕。

這麼想著的鄧秉天，一路穿過後面走廊，正準備進自己的房間，進房間前，順眼瞄了一下前庭的方向，然後踏入房間的腳步，頓時停在半空中。

「嗯？」

渾身還散發著熱氣的鄧秉天，就在即將步入房間時，眼角餘光瞄了前庭的方向一眼，立刻注意到了不對勁的地方。

雖然當下沒有什麼反應，但是卻讓鄧秉天頓住了，因為如果剛剛那眼自己解讀沒有錯的話，那會是一件很詭異又恐怖的事情。

因為剛剛就那一眼，他好像看到了很多人，正站在走廊上，背對著他。

這也太詭異了吧？現在已經是半夜十二點過後了，誰會沒事跑來廟宇啊。即便身上還冒著洗澡時所殘留下來的熱氣，但是鄧秉天還是覺得背脊發寒。

鄧秉天縮回那隻騰空的腳，他打算看清楚一眼。

深呼吸一口氣之後，鄧秉天緩緩地轉過頭去，朝走廊看過去。

不看還好，一看之下，剛剛深深吸入的那口氣，全部又被他加倍吐了出來。

只見走廊上不但真的佈滿了人，每個還轉過身來看著他。

而且聚集的這些人，不管哪一個臉上看起來，都很怪異，看上去就好像了無生氣的那種模樣，簡單來說，看起來就不像是活人。

如果是在正常的狀況之下，鄧秉天就算有點嚇到，還是會大聲喝斥這些人，問他們是哪裡來的，來這邊幹什麼。

畢竟唬人唬多了，遇到這種狀況，當然想要唬回去。

但是一來那些人一看起來就不太對勁，二來鄧秉天這一次是真的嚇壞了，就算這些人只是觀光客，甚至只是來耍他的，他也投降了。

眼看那些人似乎只是瞪視著自己，沒有朝自己而來，鄧秉天緩緩地向後退，退回自己的房間。

一退回自己的房間，鄧秉天立刻把門關上，轉過頭去，想要從另外一邊逃出去。

畢竟不管那些人是什麼鬼東西，只要逃走就可以了。

這完全不是基於長年擔任廟公的直覺，而是身為一般人被嚇到之後的單純反應。

房間的另外一邊，有一排通風用的窗子，雖然開口不大，但是想要爬出廟外，應該不成問題才對。

鄧秉天二話不說，立刻跑到窗子下，從旁邊拿來一張凳子，在爬上窗戶前，這時鄧秉天的內心還慶幸著自己早早叫女兒玟珊離開，因為如果玟珊還在，鄧秉天說什麼也不能這樣自己逃跑。

鄧秉天爬上凳子，將窗戶打開，跟著一攀，直接將頭就塞出窗外。

接下來只要將身子一挺，腳靠著牆壁爬一下，應該就可以逃到外面了。

誰知道頭才剛鑽出去，低頭一看，鄧秉天就整個被摔回窗內。

因為不只有前庭的走廊，就連窗外靠著廟的外牆，也有一整排的人排在外面，看上去就好像將這座廟給重重包圍了。

看到這景象將鄧秉天嚇壞，整個人從窗戶摔下來，重重地摔到地板上。

「靠，是有沒有那麼邪門啊？」

鄧秉天痛到眼淚都差點飆出來，不過這疼痛絕對不比心裡所受到的恐懼與震撼還要來得嚴重。

當了半輩子的廟公，鄧秉天不要說鬼了，就連怪事都沒遇過幾件，想不到今晚，竟然會一次遇到宛如一整團旅行團的鬼魂。

難道跳鍾馗這件事情，當真就是這麼邪門？光是說說也不行？
這是鄧廟公唯一可以得到的答案。
如果這樣的話，那該怎麼辦呢？
這讓鄧廟公想起了自己的雙親，與那個家破人亡的夜晚。
一直到現在，鄧廟公還記得那感覺就好像要把自己勒斃般的擁抱。
當時媽媽的心情應該就是這樣吧？
而在當年，他們看到的景象應該也是像現在這樣吧。
為什麼，這世界上會有跳鍾馗這種恐怖的事情呢？鄧秉天不懂。
當年，當自己拜在施道長門下的時候，第一堂課就是跳鍾馗，由於早期的陰影，所以鄧秉天並不願意學習這套害死自己爸媽的功夫。
由於施道長本身也算是俗家弟子，根本不是鍾馗派本家的人，因此也不需要強求自己的弟子一定要會跳鍾馗。基本上就是想學什麼，他就教什麼。
因此鄧秉天選擇了口訣，卻想不到自己連第一套都學不會。
現在想起來，還真是後悔莫及啊。
可是千金難買早知道，不會就是不會，現在就連鄧秉天也不知道自己該怎麼辦了。
就在這個時候，身後一隻手朝鄧秉天伸過來，一把抓住了鄧秉天的肩膀。

早就已經嚇到草木皆兵的鄧秉天被這一抓，顧不得屁股還傳來陣痛，立刻從地板上跳起來，嘴裡還發出了哀號。

「嗚啊啊啊！」

跳起來的鄧秉天朝牆壁逃，跟著一個轉身，整個背部重重地撞在牆壁上。

定睛一看，剛剛抓自己肩膀的，不是那些包圍著廟宇的鬼魂，而是一張熟悉的臉孔。

「玟、玟珊？」秉天顫抖著說：「妳、妳回來幹嘛？妳是怎……怎麼通過前面的。」

「我回來告訴你，」玟珊一臉慘白地說：「壇已開，不能不跳鍾馗啊。」

「啊？」這合理地解釋這些鬼魂的來意，不過讓鄧秉天不解的是，為什麼玟珊會知道這些：「妳知道為什麼不早說啊？」

「我也是剛剛才知道。」

「剛剛才……誰跟妳說的？」

「……阿皓。」

「啊？阿皓會說話？妳到底在說什麼啦！」

驚魂未定的鄧秉天完全混亂了，搞不清楚到底是怎麼回事，為什麼自己女兒會突然知道關於跳鍾馗的事情，阿皓又是如何告訴她的。

「唉唷，我一時之間也沒辦法解釋那麼多啦，不過現在最重要的就是要快點跑！」

當然，就算玟珊沒有回來告訴他這些，這也是鄧秉天的第一打算。

只是他不知道，玟珊是如何回來的。

「妳是怎麼……」鄧秉天比了比前庭的方向。

「他們好像沒有反應，」玟珊苦著一張臉說：「我是硬著頭皮衝進來的。」

聽到玟珊這麼說，鄧秉天也一臉哭喪。

不過既然玟珊可以硬著頭皮衝進來，應該也可以硬著頭皮衝出去才對。

鄧秉天點了點頭，決定就跟玟珊一樣，她怎麼進來，兩人就怎麼出去。

「衝出去。」

鄧秉天對玟珊說，然後毅然決然地走到門口，將門打開來。

一打開門，鄧秉天立刻嚇到尖叫。

門外，所有鬼魂凝視著他擋在門口。

鄧秉天原本下意識想要立刻將門關起來，但是這等恐怖至極的景象嚇到鄧秉天直接軟腳，撲通一聲頓時跪在這些鬼魂的跟前。

看起來就好像是害死這些鬼魂的凶手，一看到對方立刻下跪求饒一樣。

跟在後面的玟珊雖然也一樣嚇到向後彈，不過卻沒像秉天一樣軟腳。

因為進門的時候，已經見過一次，多少也有點緩和驚嚇的情緒。不過一開門看到這些鬼魂佇立在門外，玟珊當然也是嚇了好大一跳。

那些鬼魂看到了鄧秉天跪在跟前，伸出了手，就要抓住鄧秉天。

玟珊見了，立刻蹲下朝鄧秉天的腋下一托，硬用拖的把鄧秉天往後拖。

那些鬼魂沒有抓到鄧秉天，挺起身後，進到房間裡面來。

雖然鬼魂的動作沒有很快，但是全部從入口進來，這下父女倆真的是插翅難飛了。

「妳真的不該回來啊，為什麼就是不聽阿爸的話呢？」鄧秉天哭喪地叫道。

「這話怎麼聽啊？阿爸你這樣亂搞，我不能丟下你啊。快點站起來吧！」玟珊催促著還癱在地上的鄧秉天，但是如果可以站起來，鄧秉天早就站起來了，偏偏雙腿軟到不行，不要說動了，感覺就好像瞬間癱瘓了。

「我知道現在跟妳說可能太遲了，」鄧秉天再也忍不住心中的情緒，哭著對玟珊說：「不過妳阿公阿嬤，當年也是因為跳鍾馗死的……」

「啊？」玟珊一臉訝異。

「這就是為什麼……我一直不願意跳鍾馗的原因啊！這東西真的是害死人啊！」

鄧秉天說完整個人嚎啕大哭了起來，玟珊這邊也快要哭出來了。

真的是想不到自己的爺爺、奶奶，當年竟然也是因為這樣而死，讓玟珊有種造化弄人的感覺。

不過她也瞬間了解了，為什麼阿爸一直不肯把爺爺、奶奶的事情告訴自己了。從小就一直聽說關於阿公的事情，所有村人都把自己的阿公當成大英雄，但是卻沒人告訴自己，阿公到底是怎麼個英雄法，又是為什麼而死的。

現在都清楚了。原來當年的阿公可能也是跟阿爸一樣，學藝不精卻硬是跳了鍾馗，結果賠了性命。

「想不到，」秉天哭得更大聲地說：「我們要步上跟妳阿公阿嬤的後塵了。不過沒關係，至少我們父女倆一路上也可以作伴。」

看樣子，鄧家又要產生出兩個英雄了。這一次還是英雄父女黨，真不知道是該哭還是該笑。

就在玟珊有了這層覺悟，那些鬼魂也已經來到了兩人面前，伸出了手，朝兩人抓了過來。

一切都結束了……

玟珊與鄧秉天緊緊抱在一起，閉上雙眼，等待著即將降臨在他們身上的恐怖。

就在這個時候，一陣詭異的鈴聲突然響了起來。

叮鈴鈴——

叮鈴鈴——

聽起來就好像有人在搖鈴一樣，可是是什麼鈴聲呢？

就在兩人還不太清楚那鈴聲怎麼來的，只見原本伸出手來都快要碰到兩人的鬼魂們，全部停在半空中。

接著又是幾聲鈴響，那些鬼魂竟然好像被鈴聲吸引了一樣，全部轉向鈴聲傳來的外面，開始朝外面退去。

雖然父女倆不知道這鈴聲打哪裡來，又有什麼樣的意義，不過這些鬼魂卻很清楚。

這鈴聲代表的，就好像宣布電影即將開演了一樣。

——跳鍾馗，要開始了。

2

半年多前，J女中——

在這個剛放暑假的夜晚，原本應該空無一人的校園，卻有著宛如煉獄一般的景象。

隨處可見的，都是一個又一個沒有頭顱的屍體。

滿地大量的血跡，真的可以用血流成河來形容。

不過就是短短幾個小時之前，這些屍體原本都還是活蹦亂跳的活人，但是現在卻只是一具具缺了頭顱的屍骸。

整座校園裡面，只剩下兩個活人，還在學校裡面。

其中一個就站在樓上的室內體育館外面，而另外一個則在體育館裡面。

站在體育館外的正是這座學校的高二女生，葉曉潔。

她渾身發抖地低著頭，靜靜地守在體育館門外。

而體育館裡面，正在進行的是一場沒有人可以目睹的神魔大戰。

經過了幾個小時的激烈戰鬥之下，此刻勝負已分，勝利者當然是屬於仍然站在體育館中央，屹立不搖的那個金髮男子。

他叫做阿吉，是這所學校的高二導師。

同時也是被人尊稱為一代傳奇的呂偉道長，在人世間唯一的弟子。

阿吉站在體育館中央，手撐著自己的膝蓋，疲憊不堪地喘著氣。

稍微調整好氣息之後，阿吉看著自己的雙手。

「我……真的好強啊。」阿吉的口中有感而發地吐出這句話。

當然，說出這話的人，並不是阿吉本人，而是此刻附身在阿吉身上的那位神尊，鍾馗祖師。

雖然這是場激烈的戰鬥，但是勝負其實還算有點懸殊。

這讓鍾馗祖師遙想當年自己還在人世間的時候，自己跟另外一尊天逆魔的戰鬥。那場戰鬥比這場還要懸殊，只不過優勢是在天逆魔這邊，自己可是九死一生才勉強滅了一尊。

想不到，事隔千年後終於有機會再度面對這樣的勁敵，看來自己威力非但不減當年，而且還大大地提升了。

尤其是雖然元神下凡，但是終究這軀殼並不是自己的金身，總是有點適應不良，力量施展不開來的情況，不過還是以壓倒性的優勢，完敗了對手。

突然想到了金身的事情，讓阿吉臉上露出不妙的表情。

「哎呀，糟糕——」

才剛這麼說的同時，阿吉的身子竟然不自主地向上一射。

鍾馗祖師反應過來，立刻用雙手護著自己的頭，才剛護住自己的頭部，立刻撞上了天花板。

阿吉整個人宛如砲彈一樣，竟然就這樣撞破了天花板，不斷朝天上而去，並且在天花板上面留了一個大洞。

飛向天空的阿吉，體內的鍾馗祖師自責不已。

該死啊！都怪自己太貪了！畢竟難得回到人世間，又可以跟那麼刺激的對手對決，讓自己一時太過於戀戰，忘記自己可是在玩自己這寶貴徒孫的命啊！

現在時刻已到，不得不返回天庭，自己還沒出竅，因此就整個連魂帶體一起被拉上天。

這下這寶貴的徒孫可就真的得要粉身碎骨了。

不行！說什麼都要賭一下！

這麼打算的鍾馗祖師從阿吉的天靈蓋鑽了出來，然後用腳抵住阿吉，奮力一踹。兩人就此分開，鍾馗祖師的元神，宛如一發升空的火箭般，飛向天際。而阿吉的肉身，成為了自由落體向下墜，宛如一道流星般，墜落在台南岸邊的海面上。

只差不到幾公尺，就是陸地。

如果是落在陸地，那麼阿吉終究還是粉身碎骨。

然而這一墜還是讓阿吉多處骨折，一條命都去了一半了，在醫院休養了好幾個月才逐漸好轉。

當然，就結果來說，鍾馗祖師當年的這一腳，算是賭贏了，保住了阿吉的命。

只是這一腳雖然保住了阿吉的命，卻沒有為鍾馗派帶來更好的發展，反而卻是一場前所未有的災難。

這點，恐怕不管是誰都始料未及的。

3

雖然說真祖召喚之後，阿吉就好像離開人世間一樣，陷入宛如沉睡般的狀況。

在這樣的日子裡面，世界是一片漆黑。

或許應該用虛無來形容比較貼切一點，就連黑都沒有的空間。

然後在這空無一物的空間之中，似乎有著一點光亮，看到這點光亮的同時，阿吉醒過來了。

然而，眼前卻是完全陌生的景象。

雖然可以意識到自己似乎是在一間醫院裡，但是卻完全不知道這裡是哪裡的醫院，自己又為什麼會在這裡。

就在阿吉這麼認真的瞬間，腦海裡面卻有了奇怪的感覺，在親手滅了自己的好友阿畢之後，自己完成了真祖召喚，原本還以為自己的人生就在那裡結束了。

可是在那之後的情況，卻歷歷在目，全部印在自己的腦海之中。

看自己用堪稱毫不講理的威力，在體育館裡面，跟天逆魔進行的一場真可稱為神魔大戰的一場對決。

然後看著自己大獲全勝，飛出體育館，在天空與鍾馗祖師的元神分離，墜落在台南海邊。

這些都看在阿吉的眼中，就好像在觀賞一場電影一樣。當下，阿吉都沒有辦法有任何反應與情緒，感覺就好像只是單純像個攝影機一樣，拍下這些畫面。

而當阿吉的意識，從一片黑暗深淵之中甦醒過來的時候，這些畫面才正式輸入到阿吉的大腦裡面。

簡單來說，就好像在電腦上的文件處理軟體上打上一篇文章，不管打多少篇幅都不算正式被記錄下來，一直到點下那個存檔的按鍵，這些文章才真正存入硬碟之中。

而阿吉甦醒的那一剎那，就相當於按下了存檔，將這些時間看到的一切，通通輸入大腦之中消化。

當然在黑暗深淵的那段時間，眼前所看到的一切，資訊量相當大，如果換成別人處於這樣的情況之下，恐怕會有些缺漏，但是從小就記憶力過人的阿吉，卻記得一清二楚，幾乎可以說是一分一秒都沒有遺漏，全部記憶下來，並且等待著阿吉的甦醒。

而阿吉也會在甦醒過來的瞬間，瞬間記錄下來，不見得可以快速消化，但是那些畫面跟聽到的所有話語，都被烙印在腦海之中，彷彿就是回憶一樣，供阿吉隨時都能存取。

但是由於清醒的時間實在是太過於短暫，導致自己根本沒辦法真正去解讀那些東西。

然而隨著一次又一次的清醒，阿吉當然也開始逐漸了解到一些事情。

尤其是那些在癡呆失神的狀態之下，所存下來的記憶，一次又一次記錄到腦海之中。

清醒之後解讀的瞬間，阿吉越來越了解到自己的狀況了。

當然也知道自己一路從「流星」，成為了「阿皓」的經過。

還有玟珊跟自己說過的所有話，都拜超強記憶力所賜，一字不漏地完全記錄了下來，並且在清醒之後，立刻存檔成為生命中的一部分。

這天夜晚，在大量的月光沐浴之下，似乎又讓自己醒過來了。

只是當那些回憶在腦海裡面解析，立刻知道眼前面對到的狀況。

該死的鄧廟公假開壇，真摸魚，想要這樣混過去。

但是鄧廟公傻，阿皓可不是真的皓呆啊。

他知道壇這種東西，不可能隨便做做樣子。

尤其是跳鍾馗的壇，會吸引到方圓百里的鬼魂前來，等於一張效果強大的邀請函，幾乎所有鬼魂都會蒞臨。

這時如果真的沒有戲，就像電影院賣票給觀眾，戲卻沒有播一樣。

觀眾都會暴動了，更何況這些鬼魂呢？

而打從醒過來之後，就立刻感覺到四周不太對勁的氣息，阿皓當然知道，這壇肯定是開成了。

於是阿皓立刻把事情告訴了玟珊，玟珊聽了之後，二話不說立刻衝回廟裡，準備去救自己的父親。

原本阿皓想要攔阻，但是隨即想到，即便攔阻似乎也沒有太大的意義，因為此刻情況如何阿皓根本不知道。

從實際上的感覺，鬼魂已經佈滿了廟宇四周，所以說不定自己與玟珊離開現場的時間已經太遲了，三人說不定早就已經是這場失敗跳鍾馗下的犧牲者，差別只是先後順序而已。

玟珊在廟門前看到了那些聚集在前庭的鬼魂，當然知道阿皓所言不假，不過沒有遲疑太久，玟珊硬著頭皮衝了進去。

阿皓跟在玟珊後面，親眼看到玟珊衝進去，但是卻沒有跟著玟珊衝進去。

站在廟門口前，阿皓遲疑了。

雖然說廟的前庭，也就是原本擺放香爐的地方，此刻正是法壇所在。

而前庭上空，一樣可以沐浴在月光底下，雖然不比廟外如此寬廣，光線充足，不過仰頭要看到天空以及月亮，絕對沒有問題。

可是，阿皓沒把握的是，讓自己能夠維持清醒的因素，真的是月光嗎？

事實上，一直到現在，阿皓都不知道自己到底是怎麼一回事。

即便跳鍾馗對阿皓來說，完全不是什麼難題，但是問題就在於時間，以過去來說，不管任何情況之下，阿皓清醒的時間都不足以跳完一場鍾馗。

所以即使現在月光充足，但是連阿皓也沒有把握，自己真的可以撐這麼久。

看著前庭的鬼魂，開始往後面移動。

阿皓知道，他們要去找人算帳了。

雖然鄧廟公如果真的被這些鬼魂弄死，其實真的可以說是自己活該。

偏偏玟珊是無辜的，而且鄧廟公這些日子，雖然對自己態度很糟，但是也算是照顧了自己。

不能眼睜睜看他們死。

這麼想的同時，那句熟悉的話，再度浮現在阿皓的心頭——義無反顧。

「什麼是義無反顧？」半年多前那女孩曾經這麼問過阿皓：「老是濫用這句話，對你來說，義無反顧到底是什麼？有沒有更明確的定義啊？」

「堅持去做自己認為對的事情。」當時的阿皓不加思索外加一臉痞痞的臉色答道：「就是義無反顧！」

問自己這個問題的那女孩是自己在人世間唯一的弟子葉曉潔，而將這句話傳承給自己的是那個鍾馗派的傳奇呂偉道長。

對阿皓來說，義無反顧就是這麼簡單的一個哲理，也是這一生奉行的王道。

因此，即便有太多不能確定的因素，阿皓還是決定放手一搏。

因為眼下能夠解決這場災難的人，也只有自己了。

阿皓深呼吸一口氣，然後助跑一段距離之後奮力一跳，跳過大門穿過門廊直抵前庭。

毫不猶豫地衝向法壇，拿起了壇上的搖鈴，手一振，搖鈴立刻發出清脆的鈴聲。

或許這場跳鍾馗，原本是齣假戲，但是算這些鬼魂運氣不好，剛好眼前有人懂得如何真做。

來吧！

阿皓對自己說。

因為這是阿皓人生第一次，親身跳鍾馗。

4

在第一次看到自己的師父踏出七星步之後，只要阿皓回想起來，腦海裡面總是會浮現出那位傳奇道長的身影。

被人尊稱為一零八道長的呂偉道長，雙手置於後腰，緩緩地將腳步踏出。

「看清楚囉，這就是七星步。」呂偉道長看著自己說。

那一天師父在自己的面前跳出了七星步，然後那身影便從此烙印在自己的腦海裡面。

年幼的阿皓幾乎第一次就完全跳對，讓呂偉道長也感覺到驚奇。

雖然有些地方可能還需要調整與注意，但是光是第一次跳的情況，就算是實戰時候跳出來，似乎也會產生很好的效果。

在稍微指導一下阿皓之後，七星步的傳授便告一段落。

「聽說啊，」教完七星步最後該注意的地方後，呂偉道長對著阿皓說：「道行特別高的道長，光是腳踩七星步，就可以解決大部分的問題了。」

「喔？」阿皓挑眉：「不用跳鍾馗？」

「嗯，看他心情吧，」呂偉道長淡淡地說：「就算真的跳鍾馗，也是七步搞定。」

「師父，你行嗎？」

「不行。」呂偉道長燦爛地笑著搖搖頭說。

「那麼比師父還要厲害的道長，踏出七星步到底有多威咧？」

「是有人這麼形容啦，」呂偉道長笑著說：「一步撼地、二步驚天、三步人顫、四步鬼泣、五步魔慄、六步神懼、七步皆滅。」

由於阿皓當時年紀還小，呂偉道長說完之後，還一一解釋每一步的意思給阿皓聽。

「……感覺好唬爛。」阿皓聽完手盤胸一臉不信的模樣。

「哈哈哈哈。」呂偉道長爽朗地笑著。

「師父你不行，那劉道長呢？」

除了呂偉道長之外，阿皓知道還有另外一個跟師父一樣的道長，就是後來製造出易經之禍的劉易經。

「應該也不行。」呂偉道長搖搖頭。

「那到底我們鍾馗派歷史上有人可以嗎？」

阿皓不禁懷疑，畢竟不管是呂偉道長，還是劉易經，都已經是近代中被譽為奇才的大人物，連他們兩個都不行，讓阿皓不得不懷疑，真的有人做得到這種地步嗎？

「有。」呂偉道長乾脆地回答。

「誰？該不會是鍾馗祖師吧？」

「當然不是啦，」呂偉道長笑著說：「鍾馗祖師的威力遠遠在這個之上，不是這些話可以形容的。」

當然關於這點，呂偉道長並沒有吹噓，因為後來祖師鍾馗上自己身的時候，阿皓就深深體驗到那七星步的威力，根本不需要踏七步，光是兩步就萬物皆滅了，不過當時的阿皓並不知道。

因此阿皓臉上的狐疑越來越深刻，彷彿就是在說：「那麼還會有誰呢？」

「會說有，」呂偉道長接著說：「就是因為這七步的形容，就是在說他啊。」

「到底是誰？那麼威！」這下就連阿皓都有著強烈的好奇心，鍾馗派史上如此威風的人到底是誰？

「他就是我們鍾馗派第六代的傳人，鍾雲。」呂偉道長停頓了一會之後說：「因為他的七星步真的是威力強大，因此當時的江湖上，也給了他一個名號，就是『七步道長』。除此之外還有另外一句類似順口溜的形容他，說他是『一人挺身鬼怪驚，七星踏步妖魔平』。從這些都可以知道，第六代老祖宗七星步的威力啊。」

聽到呂偉道長這麼說，阿皓原本一臉驚奇與佩服，但是一會之後，臉一沉眉頭一皺，驚覺案情不單純。

「等等，」阿皓沉著臉說：「師父你說第六代……不就是那個傳人非常早就掛掉的那代？害得我們鍾馗派口訣喪失大半的那一代？」

「是。」呂偉道長的臉色也沉了下來：「就是這位鍾雲。」

「既然他這麼厲害，」阿皓一臉不解：「那麼為什麼還會早死咧？該不會是個練習選手吧？只有在練習的時候，才有那麼威，上場的時候就完全不行了？」

「不，」呂偉道長搖搖頭說：「鍾雲師祖的威力是真的很強大，要知道歷史上只有兩個人對付過天逆魔，一個是鍾馗祖師，另外一個就是他啊。所以他的實力無庸置疑。」

兩人在交談的當下，不管是呂偉道長還是劉易經，都還沒收服過天逆魔。

「既然這樣的話，」阿皓更是不解：「為什麼還是早死？」

「唉，」呂偉道長深深嘆口氣說：「這告訴我們，力量越強大，心態就要相對地越謙卑啊。太過相信自己的力量，就會有這樣難以挽回的下場。就是因為鍾雲師祖從小就被稱為祖師鍾馗再世，擁有極為強大的力量，才會在沒有將口訣傳完的情況之下，與如此強大的對手交手。因為他相信自己絕對不會敗。」

至於結果當然阿皓也知道，就是鍾雲雖然成功地滅了一尊天逆魔，卻也賠上自己的命，導致口訣缺失，為鍾馗派種下了衰敗的種子。

分裂成多派，並且誕生出另外一個鬼王派，一切都是因為第六代掌門的死亡。

這一切，竟然會是一個鍾馗史上最強道長所種下的結果。

「如果說，」呂偉道長感嘆地說：「那位先人留給我們鍾馗派的子子孫孫任何教訓，就是永遠不要過信，不要讓自己的自信，駕馭自己的決定。面對這一切，還是應該永遠謙卑。」

呂偉道長說到這裡停頓了一下，轉過來一臉憂愁地看著阿皓說：「這也是我最擔心你的地方，所以你一定要記住師父的話，懂嗎？」

年幼的阿皓點了點頭。

「記住，永遠要謙卑啊。」呂偉道長再度緩緩地說。

5

回到鄧秉天的廟宇之中，鬼魂們一一回歸，再度聚集了過來。

阿皓知道，是時候該表現表現了。

停下手上的搖鈴，阿皓張開雙眼，師父那句話又再度迴響在腦海。

「記住，永遠要謙卑啊。」

「……對不起。」阿皓喃喃地說。

張開雙眼的阿皓，眼眶也紅了。

因為回首這一切，自己真的讓師父失望了，想不到自己還是太過於鬆散了。

雖然說他相信的是人性，認為那些道長們不會做出這麼糟糕的事情，為了口訣不擇手段，但是說穿了還是相信自己的判斷，認為他們不會出手。

到頭來，都是自己的錯。

如果不是運氣，出現了葉曉潔這個跟自己一樣記憶力很好的弟子。那麼，經過了那麼多年，好不容易補足的口訣將可能會再度遺失。

而自己現在就連是不是真的活著，都不是那麼肯定。

這個狀況，好像比起粉身碎骨一點也沒有好到哪裡去。

甚至他連自己能不能順利跳完鍾馗不會回到那一片黑暗，都沒有半點把握。

不過至少，他還沒失去自己，他還是堅持自己的義無反顧。

甩甩頭，阿皓知道現在應該要專注。

畢竟眼前的情況，可不是很好處理的情況。

半傾之壇復立之，這可不是每個道長都可以做得到的。

這點阿皓非常清楚。

由於這壇開了之後，遲遲沒有作為，因此已經算是荒廢掉一半了。

雖然鄧秉天完全不當一回事，但是對其他道士來說，開壇這件事情可不是開玩笑的。

畢竟法壇為道長法師的法源，沒有任何道長法師可以不靠壇而施法。

開壇對道長來說，本來就是一件施法必經的路。

相對的，法壇對道長與法師來說，就像是線上遊戲英雄聯盟裡面的最後主堡一樣。

一旦被攻破，就萬事休矣。

法師道長之間的對壘，也是以法壇來作為根據地。

誰壇被破，就是落敗的一方。

如今鄧秉天丟著已經開了的法壇不管，自顧自地以為這樣做做樣子就可以了，殊不知這法壇已經因為太久沒作為而已經開始失去它的效力，呈現半傾的狀態。

眼下這個情況，如果可以退，就算阿皓也會建議，退壇而去、另起爐灶。

簡單來說，就是先退兵，再謀求東山再起的機會。

有句話是說「君子不立於危牆之下」，而道士界也有類似的情況。

一個好的道士，絕對不會這樣接手這些已經半傾的法壇。

所謂的半傾，不是說法壇傾斜了，桌子不正，而是指法力已經被破損，沒有辦法發揮出法壇的效果。

在這種情況之下接手壇，天生就已經利於非常不利的位置。

畢竟毀壇而立，就算是法力高強的道長，也不是件簡單的事情，這可是等於處在一個極度不利的情況之下。

如果在平常的情況之下，就算是阿皓出手，也會先想辦法掩護兩人逃離這座廟宇，稍稍擺脫一下鬼魂的追殺。然後盡快找到可能的地點，重新開壇，對抗這些氣憤的鬼魂。

不過現在阿皓的狀況，根本不可能維持清醒這麼久，因此阿皓根本沒得選擇。

當然，對阿皓來說，比較好運的地方是，這壇雖然毀得狼狽，幾乎可以說是一開始就落荒而逃，但是對手並不強。

而阿皓也沒有任何退路或其他辦法了，因此也只能硬著頭皮上了。

問題在於，阿皓從來不曾這樣跳鍾馗。

畢竟對鍾馗派的道士來說，只要有道行的道士，絕對不會這樣親身跳鍾馗，一般都是採取用鍾馗戲偶來上陣。

這也正是為什麼鍾馗派的道士，都會操偶的原因。

尤其是阿皓，打從握上操繩的那天，就可以讓手下的戲偶跳出七星步的天才來說，親身跳鍾馗還真的是一件只聽過沒想過的事情。

眼看鬼魂聚集得差不多了，阿皓將搖鈴往桌上一擺。

「溫柔點啊，」阿皓的臉上浮現出一抹笑意：「這可是我的第一次啊。」

阿皓說完之後，朝前面踏出第一步。

一場注定不完美的跳鍾馗，就這樣邁開了第一步。

原本匯集過來準備開始看戲的鬼魂，雖然短暫聚集回前庭，但是其實距離暴動也只差一步了，畢竟前面耗了那麼久，一直沒有開始，早就已經把耐心都磨光了。

因此如果這時候跳鍾馗的不是阿皓，而是任何不熟悉步伐的人，甚至是法力弱一點的道士，只要有點偏差的方位，或者跳得不夠果斷，可能光是第一步就讓所有鬼魂立刻暴動起來。

然而阿皓的這一步，雖不至於到石破天驚，但是那威力卻讓地板彷彿微微震了起來。

這一下讓所有原本躁動的鬼魂們，頓時沉靜了下來。

不只鬼魂，就連阿皓自己在踏出第一步的時候，也有點傻了。

這是怎麼回事？

腳步非但輕盈到不行，這彷彿撼動了地板的力量，又是怎麼回事？

由於這法壇已經半傾，戲也算是趕場勉強上台，所以溝通的機會早就已經沒了。

阿皓一上來，當然就是開場跳鍾馗，率先踏出七星步。

而這七星步的第一步，卻給了阿皓前所未有的震撼。

第一時間，阿皓還以為是因為自己親身跳鍾馗的關係，所以威力才會那麼大？

不過下一秒，阿皓立刻知道應該不可能是這麼一回事。

不管是親身扮演鍾馗祖師，還是用鍾馗戲偶，按理說都應該一樣。

尤其是親身扮演鍾馗祖師的時候，一般大多會打扮一下，至少掛個鬍子，穿件像樣的道袍或戲服，不過阿皓根本沒有這個時間，所以此刻的自己可是穿著無袖白色內衣，外加一條海灘褲的模樣，甚至連腳都是夾腳拖。

這種情況第一腳能踏得如此順利，應該就已經可以偷笑了，那麼這等神威到底是怎麼回事？

就在阿皓狐疑之際，體內一股奇怪的力量，回應了他的疑惑。

法力，一直都不是阿皓的強項啊。

對於道士這一行，阿皓從小就一直感覺自己像是個理論派，有研究的興趣，但是卻對於真正當成職業道士興趣缺缺。

因此對於法力這些，就沒有這麼執著了。

所以一直以來，阿皓的弱點就在於法力太弱，因此即便許多技法高人一等，還是讓他常常陷入危機之中。

但是此刻，他感覺到有一股力量，從丹田源源不絕地湧出來。

那股力量之大，甚至連阿皓本身都感覺到不適。

阿皓的臉色瞬間翻紅，那由丹田直竄的力量，讓自己感覺到悶熱，而且根本沒有辦法留住這些力量。

就連呼吸都感覺好像不斷在將這些力量宣洩出來，甚至阿皓還可以明顯地感覺到這些力量從天靈蓋等地方鑽出去，就好像一條滾滾翻騰的洪流，穿過自己的身體一樣。

即便留不住這些力量，甚至無法有效運用這些力量，但是過多的力量還是四處湧出，也隨著自己的腳注入地板之中。

也正因為阿皓的這股力量，讓原本蠢蠢欲動，隨時都想出手制止阿皓的鬼魂們，也被這股神威給震退了好幾步，幾個威力、膽量比較小的鬼魂，甚至縮在一起，只差沒有跟其他鬼魂一樣抱在一起罷了。

阿皓感覺自己彷彿就要燒起來了一樣，渾身感覺到炙熱無比。

「好熱……」阿皓臉上勉強掛著一抹笑容：「爽啊，第二步要來囉。」

阿皓抬起腳，朝第二步踏出去，這一次的感受更是神奇。

雖然自己對於七星步熟悉到不行，即便閉著眼睛甚至喝醉酒也可以精準無比地踏準方位，但是這一次，不知道為什麼阿皓感覺比起第一步更輕盈，速度更快，力量更大，更詭異的是，阿皓有種不是自己踏出去，而是被地板吸引過去的感覺。

這一步威力更是讓鬼魂全部向後一退，有些鬼魂甚至被嚇到退到門外了。

「是鍾馗！鍾馗來了！」

幾個鬼魂叫了出來，整個場面也開始騷動了起來。

乘勝就是要追擊，阿皓不再猶豫，一連將七星步串聯起來，一步接著一步，每一步都踏得虎虎生風，讓這些鬼魂見識到了可能是史上最完美的七星步。

最後一步的魁星踢斗姿態一擺出，幾個鬼魂開始落荒而逃，甚至有人當場被嚇到險些魂飛魄散，連形體都透明了一半。

「呼、呼！」

跳完七星步的阿皓，臉龐紅通通的一片，感覺就好像快要暈過去一樣。

力量真的太強大了，強大到連阿皓都感覺自己要被這股力量所吞沒一樣。

阿皓這麼想著，但是定睛一看，的確在場的鬼魂數量大幅下滑，不過卻還是有許多鬼魂不信邪地站在原地。

應該解決了吧？

有效果，但是沒能完全成功。

跳鍾馗，本來就是狐假虎威，裝成鍾馗祖師來嚇阻鬼魂。

但是問題是這個鍾馗祖師，差點就趕不上開場，等到壇都已經失去大半效力了，才開始唱戲。這些種種都難免讓一些威力比較強大一點或者疑心較重的鬼魂，難以信服。

「假的！」其中一個近期才剛往生的鬼魂對其他鬼魂說：「我們的眼睛業障重啊，才會看到如此幾可亂真的傢伙，但是他一定是假的。」

即便阿皓跳得如此準確，真的宛如鍾馗祖師降臨一樣，但是這些鬼魂還是難以信服，心中還是認定阿皓絕對是假的。

雖然這麼想，但是眼下這傢伙的七星步踩得如此神威，當然一時之間也沒有任何鬼魂敢上前。

這點阿皓也知道，雖然威力是前所未有的強大，但是鬼魂並沒有真的退開。

阿皓不需要轉頭，甚至連眼睛都不用飄，就看到了失敗的原因，正是擺在前庭中央的法壇。

不需要轉移視線也可以清楚看到眼角餘光的東西，也是阿皓的得意絕活之一。

阿皓知道，如果在平常，可能前三步就可以讓這些鬼魂知難而退，七步都跳完絕對可以拍拍手掌收工了。

偏偏這法壇算是破了一半，因此威力也大打折扣。

威力大打折扣的情況之下，就連這戲也等於有點蹩腳。

簡單來說，就好像是個沒有化妝以及裝扮的演員上台唱戲一樣，即便這戲雖然依舊精采好聽，但就是感覺怪怪的。

不，這可不是形容，因為阿皓此刻，真的不像一般跳鍾馗那樣，做點基本的裝扮，因此還真是沒有穿戲服上戲妝就上台唱戲。

正所謂佛要金裝、人要衣裝。光是掛上鍾馗鬍，穿上個威風凜凜的戲服，即使不到三分像，對這些鬼魂來說那威力也不可小覷。

偏偏，時間不夠的情況之下，阿皓連換件像樣的衣服都沒機會。

跟鄧秉天那種騙吃騙喝的廟公不一樣，阿皓可能是台灣實戰經驗最為豐富的人之一了。當然很快就知道問題出在哪裡。

「既然如此……」阿皓有了這樣的覺悟：「那就只能認真一下了。」

對其他道長來說，七星步就是七星步，這七步無法喝退眾鬼，那麼可能就真的沒有辦法了。所以一般來說，如果七星步沒有能夠完成任務，那麼也只能想別的辦法，而如果這位道長，就只會七星步，那麼這位道長很可能就已經注定要失敗了。

就像兵法裡面所說的一樣，一鼓作氣，再而衰，三而竭。就算再用一次七星步，威力也只會越來越弱，原本第一次的七星步擊不退的對手，當然更加無法擊退，因此失敗在所難免。

但是，對鍾馗派真正的繼承人來說，七星步還可以更加強化。

那就是將魁星七式融入七星步之中。

因為這魁星七式，本來就是從七星步為基礎所發展出來的，因此每一個七星步，都有一式七招可以融入。

七七四十九招加上一個起手式，剛剛好完全可以融入在七星步裡面。

既然一般的七星步無法退敵，也只能如此了。

阿皓打定了主意，調整一下自己的氣息，然後，準備開始使出這個只有鍾馗派正統傳人才會的魁星七式七星步。

另一方面，在看到鬼魂逐漸退去之後，鄧秉天與玟珊父女倆原本一直待在房間裡面不敢蠢動，雖然聽到外面似乎有些聲響，但是擔心那些鬼魂還沒離開，因此遲遲不敢踏出房門。

然而過了一會之後，眼看那些鬼魂沒有回來，兩人想要把握機會，看能不能趁機溜出去。

因此兩人躡手躡腳地走到房門邊，探出顆頭來想要看看究竟。

兩人看廟宇後方完全沒有鬼魂，膽子大了一點，走出了房門外。

父女倆一前一後，只見秉天躲在玟珊的身後，兩人緩緩地走入正殿旁的走廊之中，緩緩朝著前庭而去。

玟珊走在前面，一走到走廊盡頭，立刻倒抽一口氣。

只見大群的鬼魂，全部圍著前庭，而在鬼魂中央的人，不是別人，正是兩人這幾個月以來朝夕相處的阿皓。

「阿皓？」

兩人臉上都是一臉訝然，不知道眼前到底是什麼情況。

只是就在兩人還搞不清楚之際，那些鬼魂似乎準備動手了。

只見包圍著阿皓的圈子一縮，幾個鄰近阿皓的鬼魂，立刻朝阿皓過來。

而阿皓卻只是愣愣站在原地，沒有半點反應。

見到這個狀況，玟珊內心一驚，向前一踏正準備過去救阿皓，卻立刻被身後的秉天牢牢抓住。

被制止的玟珊，沒辦法衝上前，也只能出聲提醒阿皓，誰知道下一秒鐘，才剛張開嘴巴，就連嘴巴都被鄧秉天一手摀住，沒能發出聲音。

父女倆這一耗，鬼魂已經上前，準備對阿皓不利。

就在鬼魂即將碰到自己身體的時候，原本沒有動作的阿皓這時卻突然身子一振，擺出了個詭異的姿勢。

當然這兩父女完全不知道這姿勢的來頭，但是只要有點道行的人一看，就立刻知道這姿勢可是身分的證明，證明了眼前這個男子，可不是什麼失智的皓呆，而是真真正正的鍾馗派傳人啊。

因為阿皓的這一手，正是魁星七式的起手式。

這個姿勢一出，原本一擁而上的鬼魂又立刻退下，那個包圍著阿皓的圈圈又立刻擴大開來。

不過一個姿勢，不只讓鄧秉天父女倆驚訝地瞪大了雙眼，也讓這些鬼魂震驚倒退了好幾步。

原本準備上演的血腥動作場面，瞬間變得有點怪異，在最遠走廊口的鄧秉天兩父女一臉訝異無比的表情，而原本縮小的鬼魂包圍網，在退開擴大之後也瞬間靜止不動，阿皓則維持著詭異的姿勢，立於場中，也是紋風不動。

整個場面就好像時間暫停了一樣，所有人都陷入靜止的空間之中。

然後，就在眾人皆靜的時候，阿皓動了。

只見他突然向前踏一步，接著就好像在練習武術的學徒一樣，一連憑空打出幾個招式，一氣呵成打出了七招。

這七招一打完，其中一群鬼魂，竟然痛苦無比，跪倒在地上不斷哀號。

其他鬼魂見了，更是驚恐地向後退，這包圍圈又更大了。

阿皓一連打完七招之後，看起來就是有點疲累，玟珊注意到此刻阿皓的臉上，有著前所未見的認真模樣，與平常癡呆的模樣，簡直就是有著天與地的差別啊。

稍喘了一口氣之後，阿皓再度動了起來，又是一連七招，一氣呵成地朝著前方打了出來。

雖然有些姿態有點奇怪，但是那行雲流水的動作，看起來就像是個舞者一樣，在群鬼包圍之下，熱力四射地舞動著。

只是這些動作，卻都充滿了力量，看起來更像是一個武僧，耀武揚威的模樣。

不管哪個，都讓玟珊看得如癡如醉。

阿皓竟然可以那麼帥氣！

尤其在鬼魂的包圍中，那險峻的情勢，更讓阿皓宛如那些電影明星一樣，泰山崩於前而面不改色的胸襟，與那豪氣萬丈的動作，讓玟珊真的是看傻了眼。

「真的是中頭獎！」不只玟珊看得出神，就連一旁的鄧秉天也興奮地對玟珊說。

「啊？」

「看這樣子，這塊皓呆肯定以前有跳過鍾馗。」秉天說。

可惜的是，就連這簡直可以說是送分題的題目，鄧秉天都猜錯了。

阿皓確實是個對跳鍾馗非常熟悉的人，但是這樣親身跳鍾馗，阿皓還是第一次。

因為阿皓的操偶技巧，根本是神話，就連那個被鄧秉天當成神一般崇拜的頑固老高，恐怕連阿皓兩根手指的操偶水準都不到。

因此，如果不是這樣的時刻，這樣的情況，阿皓根本不可能會這樣親身跳鍾馗。

就在鄧秉天父女倆彷彿在看一場功夫秀的時候，阿皓已經一連打出六步四十二式的魁星七式七星步了。

而這些鬼魂也只剩下一個方位的一小群鬼魂還殘留在場上，不過也知道自己在劫難逃，只能縮在牆角。

畢竟在阿皓跳這魁星七式七星步的同時，也等於在周遭佈出了一個結界，剛剛沒有逃離的鬼魂，此刻就算想逃也逃不掉了。

「你們該後悔的就是剛剛沒有知難而退，」阿皓冷冷地對最後幾個鬼魂說：「結束了，這裡不是你們可以撒野的地方。」

話說完，阿皓再度動了起來。

這是強化七星步的最後七招，這七招打完，真的就是打完收工了。

一招！兩招！三招！

阿皓突然頓了一下。

「嗯？」阿皓內心疑惑。

第四招打出來，阿皓的臉色瞬間一沉。

「不會吧！」阿皓內心大喊。

第五招勉強踏出去。

「糟了……」

第六招出去的同時，阿皓知道一切都毀了。

因為身體越來越不受控制，阿皓也知道這代表什麼意思，那就是只差這麼一點，自己又得要沉入黑暗之中了。

仰頭望天，果然看到一大片雲，遮蔽住了半邊天空，就連月亮也消失在雲層之中了。

雖然大腦在一切停止之前，下達了揮出第七招的指令，但是身體還沒有反應動作，一切都靜止下來了。

時間再度靜止，只見阿皓的手腳，仍然擺在那個第六招的位置，卻靜止不動了。

那些剩下的鬼魂，原本還以為自己死定了，因此縮成一團。

眼看阿皓卻突然停下來，並且靜止不動，個個都是一臉狐疑。

一旁看的秉天也一時轉不過來，不知道阿皓為什麼突然不動了。

這是在凌遲嗎？

就好像綜藝節目那種要被處罰的藝人，處罰者一直遲遲不願意處罰，只是在那邊嚇嚇人，藉此得到更多樂趣般，加長處罰的過程。

不管是鄧秉天還是這些即將面臨厄運的鬼魂們，都不知道到底是怎麼回事。

只有一個人，光是有如看著偶像一樣，緊緊盯著阿皓的人，就知道發生了什麼事情。

因為光是看著阿皓的臉，就知道發生了什麼事情。

只見阿皓的臉，在靜止的瞬間整個一垮，不再像剛剛一樣瀟灑堅定，而是回到了那個一臉癡呆望著前方的阿皓啊。

玟珊立刻仰望天空，月亮已經看不見了。

……這下真的糟糕了。

因為玟珊非常清楚，阿皓又回到原本那個癡呆的情況了。

而這些鬼魂，很快也會清楚這點，到時候光憑她跟那個什麼都不會的阿爸秉天，恐怕也只能乖乖束手就擒了。

第8章・月光下

1

想不到到頭來還是功虧一簣。

差這麼一步，就可以完成整個跳鍾馗的儀式，但是卻在這個時候，阿皓又恢復到了癡呆的狀況，沒能順利收伏這些鬼魂。

不過由於先前的阿皓太過於威武，讓這些鬼魂也跟阿皓一樣，完全沒有任何動作。

情況也陷入了僵局。

然而這樣的情況到底能持續多久？

這點雖然玟珊不知道，但是可以想見的是，這種情況不可能會永遠持續下去。

「這到底是怎麼回事？」第一個從這僵局醒過來的人是站在玟珊旁邊的秉天：「阿皓是抽筋了嗎？怎麼不動了？」

「不是，」玟珊也不知道該怎麼跟自己的父親解釋阿皓的狀況：「就是阿皓……又變回阿皓了。」

「啊？阿皓變成阿皓？啊不然他剛剛是變誰？」

「唉唷，」玟珊說：「就是只要在月光的照射之下，阿皓就有機會變成他原本的樣子，一個很正常的人，不是像平常那樣癡呆。剛剛那個阿皓，就是正常人，現在月亮不見了，所以阿皓又變回阿皓了。」

月光讓人變狼人，這鄧秉天倒是有聽過，還真沒聽過月光可以讓人變成正常人。

「那現在咧？」秉天問。

「應該就是失敗了。」玟珊答。

「啊？」

「跳鍾馗失敗會怎麼樣，我怎麼會知道。」

雖然不清楚接下來會怎麼樣，不過如果到頭來阿皓都沒有辦法恢復正常，那麼恐怕結局會跟自己今天晚上才知道的爺爺、奶奶一樣，難逃一死吧。

就在玟珊這麼想的同時，那最後一小群鬼魂，似乎也開始蠢蠢欲動了。

畢竟阿皓呆在原地已經好一陣子了，這樣僵持下去總不是辦法，因此這些鬼魂應該不久之後就會行動了。

其中幾個鬼魂比較大膽一點，開始緩緩地朝阿皓靠近。

看到這樣的情況，玟珊立刻著急起來，拍了秉天的肩膀說：「阿爸！你快點想辦法啊！」

鄧秉天抿著嘴，四周看了一下狀況。

「有了。」

鄧秉天注意到目前剩下的鬼魂專注力都放在阿皓身上，只要兩人硬著頭皮，靠著牆邊走，應該有機會可以逃出去。

這就是鄧秉天的「辦法」。

當然對鄧秉天來說，只要父女倆能逃出去，就是最好的辦法。

「跟我來。」鄧秉天對身旁的玟珊說。

完全不知道自己的阿爸打的是什麼主意，玟珊跟著秉天，兩人沿著牆邊開始試圖繞過那些鬼魂，朝大門而去。

那些鬼魂還是有點忌諱於阿皓剛剛的神威，因此即便決定靠近，還是有點戰戰兢兢，沒有一擁而上。

秉天就這樣帶著玟珊，順利繞過了前庭門廊，終於來到了大門口。

這下就算那些鬼魂發現，也不可能阻止兩人逃出廟外。

「走！」鄧秉天一馬當先衝出廟門。

原本一直都聽著阿爸秉天的話，跟著一起來到了大門口，想不到秉天竟然說逃就要走，玟珊才剛踏出廟門，立刻停住腳步。

「那阿皓呢？」

「趁那些鬼魂現在都盯著他，我們趕快跑啊！阿皓沒救啦！」秉天急著揮手，要玟珊快點跟上。

「阿爸你——！」想不到秉天想到的計畫，就是讓阿皓犧牲，自己逃跑，氣到玟珊都不知道該說什麼了。

「不行！我不能丟下阿皓！」

玟珊一轉身，鄧秉天立刻抓住了玟珊。

「不！」鄧秉天哭喪著臉說：「聽我說，乖女兒，求求妳聽我說。看剛剛的情況就知道了，阿皓絕對不是第一次跳了，他一定比妳我還要清楚，跳鍾馗失敗的下場。他硬要跳，失敗了就是死路一條，就算神仙也難救啊！他不管怎樣都死定了，我們還有機會可以逃啊！別為了一個皓呆犧牲妳自己啊！」

玟珊聽了瞪大了雙眼，張大了嘴，一臉難以置信地瞪著鄧秉天。

「阿爸，你怎麼可以這麼說！」玟珊憤怒地說：「他是因為你才跳的耶！是你自己要開壇，招來這些鬼魂，你怎麼可以說這樣的話！」

「不管怎樣，好啦！」秉天也知道自己理虧，搖著頭說：「算阿爸錯了！可以吧？阿爸保證，一定會幫阿皓辦個風光的葬禮，當作我自己的阿爸來辦！這樣可以吧！」

聽到鄧秉天這麼說，玟珊根本已經氣到完全說不出話來了。

只見她先是一臉難以置信，最後沉下了臉，一臉對鄧秉天失望至極的搖了搖頭。

「不管妳怎麼看阿爸，」鄧秉天哭喪著臉懇求：「求求妳，不要衝動，真的會死人的，我已經這樣失去妳阿公阿嬤了，不要再讓我失去妳這個寶貝女兒啊。」

一切都是阿爸害的。

如果阿爸早聽自己的，不要這樣不學無術，只知道唬爛，有點真材實料的話，今天就算沒有能力跳鍾馗，也知道壇不能亂開，就不會走到此時此刻的田地。

然而，最後一切卻要阿皓承擔，這點讓玟珊怎麼樣都覺得不能接受。

至少，不能只由他來承擔，阿爸犯錯，既然阿爸不願意扛，那就自己扛吧。

不管怎樣，她都不能丟下阿皓一個人被殺。

內心下了這個決定的玟珊，臉一沉，手一擺，甩掉了秉天的手之後，一轉身二話不說，就朝廟裡面衝進去。

想不到玟珊會突然大力甩掉自己的手，毫無防備的秉天重心不穩，差點跌倒，好不容易站穩，就看到玟珊朝廟裡面衝。

「不要——」

即使秉天大叫撲過去，但是為時已晚，玟珊不但衝入廟裡，還筆直朝著阿皓而去。

玟珊衝到了阿皓的身邊，仰起頭來看著天空，此刻的月亮雖然有露出一個小角，但是仍然大半隱藏在雲層的後面。

玟珊將阿皓的臉端起來，雖然不知道這樣有沒有用，重點應該也不是阿皓有沒有看到月亮，但是玟珊現在真的也是無計可施了。

即便充滿著想要救阿皓的心，但是卻完全沒有可以救阿皓的力。

「阿皓，醒醒啊。」玟珊對著阿皓說：「如果你真的聽得到我說的，如果你真的在裡面的話，拜託你醒醒啊！不醒來，我們就完了。你會死掉的！」

但是阿皓仍然一臉呆滯，雙眼無神的看著天空。

看著這樣的阿皓，就連玟珊自己也不知道，為什麼明明就只是幾個月的相處，自己就已經把阿皓當成了一個家人。

因此要她放棄這樣宛如家人的阿皓，她說什麼也做不到。

當然，她也想過要拖著阿皓逃，但是此刻的狀況，鬼魂根本不會放過他們，拖著阿皓恐怕連廟門口都到不了。

「求求你，醒醒啊。」玟珊無力地喚著。

當然，阿皓還是毫無反應。

只是玟珊不知道的是，她的這一鬧，確實讓整個跳鍾馗破戲了。

這戲一破，讓原本還有點忌憚的鬼魂們，這下已經毫無半點忌憚了。

「果然是假的，」那個最近才往生的鬼魂冷冷地說：「果然是我們的眼睛業障重啊。」

「殺啊！」另外一個鬼魂咆哮道。

鬼魂們的怒火瞬間引爆，為了剛剛自己感覺到的恐懼，也為了剛剛被消滅的那些同伴，剩下的鬼魂們一擁而上。

這些一擁而上的鬼魂怒不可抑，立誓要將眼前的這一對男女碎屍萬段。

聽到鬼魂的怒號，看著仍然沒有反應的阿皓，玟珊知道一切都到此為止了。

「那就一起死吧。」

玟珊緊緊摟著阿皓，心中有了這樣的覺悟。

就算要死，玟珊也不能讓阿皓一個人死。

不知道為什麼，一這麼想，玟珊瞬間不再感覺到害怕，反而有一種平靜。

「不——」

趕到廟門口的秉天，跪倒在門口，看到鬼魂這一撲，秉天也發出了絕望的哀號。

鬼魂瞬間殺到，領頭的正是那個最近剛死沒多久的鬼魂。

他對準了阿皓，畢竟這傢伙才是剛剛讓自己嚇到屁滾尿流，認為自己業障太重的男人，他要親手了結他的性命。

那鬼魂一撲，朝著阿皓的脖子一掐，這一掐不管你有多強，肯定都會命喪黃泉。

阿皓仍舊一臉癡呆，即便面對到這樣的危險，仍舊雙眼無神地毫無反應。

鬼魂一把掐住了阿皓，正準備了結阿皓的命，誰知道一股強大的力量，竟然從手上傳來，轟然一聲響，這股力量不只震開那鬼魂的雙手，就連鬼魂本身也被震開。

其他接踵而至對阿皓展開攻擊的鬼魂，也紛紛跟那鬼魂一樣，攻擊到阿皓的同時，也被那股力量給轟開。

動作比較慢的其他鬼魂，看到這景象，瞬間都停住腳步，不敢貿然靠近。

那最近才剛死不久的鬼魂，被轟退了幾步之後，停了下來。

所有人轉向他，只見那鬼魂一臉驚恐。

「真的！真的！」那鬼魂看著自己已經被轟爛的雙手哀號：「這傢伙是真的啊！業障重啊！他是真的鍾馗啊——」

那鬼魂最後一句哀號出來的同時，竟然整個身軀一扭，就這樣灰飛煙滅了。

其他被轟退的鬼魂，也跟那鬼魂一樣，身子一扭竟然也都被消滅了。

剩下的幾個鬼魂，愣在原地。

其中一個鬼魂，心想既然男的不行，那就殺了女的也好。

怒氣難消的鬼魂，立刻衝上前去，準備將矛頭指向摟著阿皓的玟珊身上。

這時，原本一直緊閉著雙眼，想要跟阿皓就這樣一起死的玟珊，等了一會，都沒有發現異狀，反而是耳邊傳來了鬼魂的哀號聲。

張開雙眼，想要看看到底是什麼情況，誰知道一睜開雙眼，一轉頭，就立刻看到一個凶神惡煞的鬼魂，伸出了手朝自己抓過來。

這一抓只要抓到玟珊，玟珊會立刻命喪爪下。

玟珊瞪大雙眼，根本來不及反應，立刻閉上雙眼撇開頭。

連閃都來不及閃的玟珊，即將死在這一手之下。

而就在這個瞬間，一隻手從玟珊身邊一閃，朝著那出手的鬼魂一去。

這隻手雖是後發，但卻先至。

一掌抓住那鬼魂的頭，那雙致命的雙手就被制止在玟珊的頭前，沒有抓到玟珊。

突然感覺到阿皓的身體似乎震動了一下，玟珊張開雙眼仰望阿皓的臉，本來都是雙眼無神，一臉癡呆的阿皓，這時又變成眼神銳利無比的男子。

「阿……皓？」

原來就在這千鈞一髮之際，阿皓又奇蹟似地回過神來，一手抓住鬼魂的頭，阻止了這致命的一擊。

其他鬼魂在那鬼魂打定主意要襲擊玟珊的同時，也跟在那鬼魂後面發動攻勢，因此一時之間，根本來不及剎車，全部都朝玟珊而來。

阿皓雖然伸手阻止了一個，但是另外一個鬼魂也接踵而至。

阿皓見了，一手扶住玟珊的腰，一手仍然抓住那鬼魂，身子一轉，順勢將玟珊的腰一帶，躲過了另外一個鬼魂的攻擊，另外一手一揮，將手上緊緊抓住的鬼魂朝攻擊的另外一個鬼魂身上一甩，兩個鬼魂立刻撞在一起。

玟珊感覺自己就好像跳舞一樣，被男伴以下腰的模樣輕輕托在空中的玟珊，剛好仰面對著天空，玟珊看到了月亮從一片烏雲之中，突出了一半以上。

料想應該是月光又再度讓阿皓甦醒，救了兩人的一命。

那兩個被阿皓撞在一起的鬼魂，瞬間發出了一陣哀號聲之後，跟前面那些鬼魂一樣灰飛煙滅。

阿皓將腰一挺，手一縮，把玟珊扶起來站穩。

這時剩下了三個鬼魂，也都猛然一退，完全不敢出手了。

畢竟想不到到頭來這傢伙竟然還是如此神威，三個鬼魂看到了，真是再給他們幾條命也不敢貿然上前了。

被扶起來的玟珊，還有點混亂，不知道發生什麼事情，只是愣愣地看著阿皓。

此刻阿皓那銳利的眼神凝視著那幾個鬼魂，冷冷地問：「散還是滅，你們自己選。」

即便跳鍾馗最後不算成功，但是看到了阿皓的神威，哪有鬼魂還敢選擇留下啊，幾乎立刻都開始消散了。

在經過了一晚有驚無險的折騰之後，阿皓知道終於結束了。

阿皓鬆開了扶住玟珊的手，淡淡地說：「把桌上那張符燒了，就可以收壇了。」

「解決了？」

「嗯，沒事了。」阿皓淡淡地笑著點了點頭：「還有收壇之後，記得跟濟公神尊上香，並且明天準備三牲素果，好好祭拜一下，誠心誠意道歉。」

「道歉？」

「嗯，」阿皓沉下了臉：「竟然在濟公神像面前開壇跳鍾馗，真是沒禮貌，當然要好好道歉。」

玟珊當然不可能知道，這是鍾馗派的規矩，不得在其他神尊面前或廟裡跳鍾馗，如果事出突然或不得已的情況，事後也需要特別祭拜，不能讓人覺得班門弄斧，製造諸神之間的矛盾。

「喔。」玟珊點了點頭。

「好了，快去燒符，」阿皓催促著：「以免等等又有東西被吸引過來。」

玟珊聽了趕忙跑到壇前，並且拿起桌上的打火機，將符給燒了。

「這樣就可以了嗎？」

燒完符後，一回頭，玟珊的臉上立刻浮現出失望至極的表情。

因為站在那邊的，不再是那個眼神銳利的阿皓，而是平常雙眼無神，愣愣地看著前方的阿皓了。

2

在收了壇之後，一切都跟阿皓所說的一樣，恢復了平靜。

解決了這個事件，跟以往一樣的地方是，所有里民對於自己父親也就是鄧廟公的表現又是更深一層的讚不絕口。

但是只有玟珊與秉天自己知道，兩人之所以還能在這座廟裡面，接受眾人的感謝與景仰，全部都得要歸功於一個人，那個也被算入秉天善舉的阿皓頭上。

對玟珊來說，雖然不齒自己的父親，大剌剌地接受村里鄉民的感謝，也很慶幸一切可以平安落幕。

只是對玟珊來說，還有一個遺憾就是，當晚本來還希望可以跟阿皓講上幾句話，可惜天公不作美，後來的天氣非但沒有轉晴，還下起了雨。讓原本還期待阿皓可以短暫恢復正常的玟珊，打消了念頭。

在那晚過後，一切都恢復了正常，那天的一切，都彷彿只是場噩夢般。

生活回歸平靜，而阿皓又回到原本失神又癡呆的狀態。

在看過清醒的阿皓之後，玟珊更加確定，在沒有月光照射之下的阿皓，就好像只有軀殼而沒有靈魂的行屍走肉。

雖然說一切都回歸正常，但是其實在很多地方，有了很多改變。

首先是阿爸秉天，親眼目睹阿皓神威的他，對阿皓也不敢像過去那樣謾罵，雖然還是常常幹譙他，不過感覺得出來，多少還是有點忌諱的感覺。害怕那對失神又癡呆的雙眼，突然變得銳利，然後把他打到屁滾尿流。

雖然不知道這樣的狀況可以維持多久，不過至少玟珊不用整天唸自己的老爸，不要虐待欺負阿皓，也算是一種進步吧。

然而對待阿皓的態度有所改變的情況，不只有發生在秉天身上，就連玟珊自己，也有了相當大的轉變。

雖然表面上還是跟過去一樣，不過玟珊的內心，卻對阿皓有了完全不一樣的感覺。

當天阿皓清醒過來之後的一舉一動，就好像反覆上演的電影般，不時出現在玟珊的腦海之中。

從來都不知道原來光是眼神，也可以讓一個人轉變得如此劇烈。

不需要開口也不需要其他什麼確認的步驟，光是看眼神，就可以清楚地看出兩者之間的差別。

銳利的眼神與失神的目光，兩者之間天壤之別。

對玟珊來說，看到銳利眼神的阿皓，只有一句話可以形容，就是帥翻了。

跟失神的阿皓，根本完全不在同一個層級。

只是不知道為什麼，雖然清醒之後的阿皓眼神十分銳利，但是眉宇之間總有種說不出來的哀傷。

這讓玟珊非常在意。

這到底是怎麼回事？

阿皓的過去，到底發生了什麼事情？

他是打從出生之後，就是處於這樣需要月光照射才能夠恢復正常的狀況？

還是因為什麼樣的意外讓他變成如此？

雖然有許多的問題，根本完全沒有釐清的可能性，不過可以確定的是，這絕對不是醫學可以解釋或者是醫治的毛病。

所以，玟珊決定找個晴朗的夜晚，讓阿皓再度清醒，一次問個清楚。

這晚，天空掛上了皎潔的月。

在經過幾天的心理建設之後，玟珊終於決定，想要跟月光下清醒的阿皓，好好聊聊，至少，得要表達一點感謝的意思。

就在這月光普照的一晚，天空上點綴著滿天星海，也清晰可見。

玟珊知道今晚就是最好的機會了，在如此美麗的夜空之下，一定可以讓阿皓清醒過來。

不過她不想要就這樣，隨便牽著阿皓到庭院，她需要準備一下。

玟珊希望呈現自己最好的一面，讓阿皓看。因此感覺就好像即將跟戀人見面的女子一樣，玟珊細心打扮著自己，心情也隨著自己的打扮，非常起伏不定。

就連玟珊自己都不太了解，自己此時此刻的情緒，到底是怎麼回事。

腦海裡面，都是那晚，眼神銳利的阿皓，一手摟著她，另外一手將妖魔鬼怪拒於門外的那帥氣模樣。

每每想到當時的畫面，都會讓玟珊感到心跳加速，雙頰飛紅。

當然，玟珊也不是小姑娘，自然也知道這是怎麼一回事，只是不想承認罷了。

在一切準備妥當之後，玟珊牽著阿皓的手，來到了後面的庭院。

原本只是想要讓阿皓恢復正常，但是當兩人佇立在後庭，沐浴在月光之下，一種浪漫的氣氛油然而生，讓玟珊的心跳跟著加速。

月光照著阿皓的臉，無神的雙眼與愣愣的表情。

想不到一個人的神情，可以讓一個人完全不一樣，感覺就好像跟女孩子那種整形等級的神奇化妝術一樣。

但是，光是這樣凝視著阿皓癡呆的臉，滿腦子還是可以浮現出當時阿皓一手高舉，一腳蹺起，即便動作怪異，但是卻威風凜凜的模樣。

平常愣愣的模樣，然後遇到危機的時候，卻是如此瀟灑冷靜、威風帥氣。

這種應該就是所謂的反差萌吧？

唉唷，自己到底又想到哪裡去了。

想不到自己想著想著，又在心中拚了命地讚賞著阿皓，讓玟珊整個臉又燙紅。

不過不管她如何否認，就連她自己內心深處也不得不承認。

那一晚阿皓不只收服了那些鬼怪，也收服了她的心。

為了讓自己冷靜下來，玟珊轉過身去，不再癡癡望著阿皓的臉，試圖讓自己的心情平復下來。

畢竟，玟珊可不希望一旦月光讓阿皓清醒過來，他第一眼看到的是彷彿癡漢般癡癡望著他還紅著臉的模樣。

轉過身後，心情逐漸從高低震盪的激烈心跳，慢慢平緩過來。

「嘿。」

一個聲音從身後傳來，又再度讓玟珊好不容易平穩的心跳，開始狂亂的跳動了起來。

轉過身來，眼神清澈堅定的男子就站在自己身後。

月光再一次讓阿皓清醒了過來，正如玟珊所計畫的那樣。

但是，玟珊的反應，卻完全不像自己所計畫的那樣。

表情僵硬地打聲招呼之後，玟珊瞬間腦袋裡面一片空白。

明明有無數的問題在心中，為了這一晚她費盡了苦心，想不到當阿皓又成為那個眼神銳利，自己竟然會像個十來歲的小姑娘一樣，見到自己心儀的人，就慌了手腳，腦袋一片空白，半句話都說不出來。

你叫什麼名字？

從哪裡來？

發生什麼事情讓你變成現在這樣？

你是不是道士？

為什麼會跳鍾馗？

你知不知道自己有多帥氣？

明明有那麼多簡簡單單就可以問出口的問題，此刻的玟珊卻連一個都說不出口。

「不好意思，」率先打破這股尷尬的沉默的人，是清醒過來的阿皓，他一臉歉意對玟珊說：「平常給你們帶來很多麻煩。」

「不、不要這麼說！」玟珊用力地搖著手說：「你來了之後也幫了我們不少忙啊。」

這句百分之百是句客套話，這點阿皓非常清楚，因為雖然當下沒有任何記憶，也沒有任何可以應變的能力，但是一旦清醒過來，自己怎麼度過這些日子，卻是一目了然、了然於胸。

所以阿皓也只能苦笑。

「畢竟這次如果不是你，」玟珊臉上浮現出僵硬的笑容說：「我那個阿爸，可能就沒命了，所以平常那些也算抵銷了。」

「不，」阿皓皺著眉頭，眼神流露出一抹哀傷說：「不管怎麼說，讓你們照顧，真的很不好意思。」

「不會啦！」玟珊再度嚴正否認：「不要這麼說！」

接著原本玟珊心中閃過了一個問題，想要問阿皓說，你有沒有其他家人，需不需要跟他們聯絡，但是問題剛到了喉頭，立刻硬生生被玟珊自己吞了回去。

也就是在這個時候，玟珊才發現自己竟然會有這樣的私心，擔心一旦阿皓的家人知道了，會不會讓這一切改變？

想不到，自己竟然會這麼自私，希望阿皓可以留在身邊。

有了這樣的自覺，讓玟珊對自己有點無言。

「不過，」阿皓沉著臉說：「這次雖然算是安全了，但是下一次，我不敢保證還可以像這次一樣順利。所以妳還是讓妳阿爸，不要再開壇做這種危險的事情了。要知道跳鍾馗是很危險的……尤其是不會跳的人。」

「唉，」聽到阿皓這麼說，玟珊立刻沉下臉，嘆了口氣哀怨地說：「我也跟你說過很多次了，可以制止我早就制止了，我那個阿爸啊，真的是不見棺材不掉淚。啊，對了！所以我平常跟你抱怨那麼多，你都聽得進去嗎？」

聽得進去嗎？這問法的確很奇怪，不過阿皓當然知道，她的意思是什麼。

「嗯，」阿皓淡淡地笑著說：「一字不漏，從妳阿爸到那個檳榔攤的阿彬——」

「夠了！」玟珊伸手制止了阿皓：「不要說了！天啊！我根本不知道……唉唷！真是……」

玟珊轉過身去用手搧著自己火燙的臉頰，畢竟那些話，根本就不應該對人說，如果早知道阿皓可以記住這些話，她就不會對阿皓說了。

看著玟珊如此害羞的模樣，似乎就連阿皓都有點手足無措。

兩人之間，真的有種最熟悉的陌生人的感覺。

尷尬的沉默再次降臨在兩人之間，兩人也不多說什麼，慢慢地等待自己心情平靜下來。

「就算有月光，」過了一會之後，阿皓仰著頭看著明月說：「我似乎也沒辦法維持清醒太久。」

「是喔？」玟珊的神情，立刻顯得非常落寞。

「不過似乎有越來越久的情況，」這點阿皓隨著自己每次清醒之後，似乎有點感覺：「所以需要時間吧。畢竟上次跳鍾馗似乎已經耗光我的能量，我沒辦法持續太久。」

「嗯。」

感覺到兩人之間相處的時間，似乎快要到尾聲了，玟珊想到了一個最重要的問題。

「對了，」玟珊對阿皓說：「你記得自己以前的名字嗎？總不能真的叫你阿皓吧？你……之前，叫什麼呢？」

……阿吉。

阿皓的腦海裡面，立刻閃過了這個名字。

洪旻吉，這就是阿皓在變成這樣的情況之前的名字。

然而，在這名字浮現出來的同時，回憶的洪水也沖破了水壩，淹沒了腦海的一切。

多麼的不堪啊。

所有回憶只擷取了讓阿吉痛苦的片段，製成了一部殘忍的短片，在腦海之中快速地播放。

死在自己面前的梓蓉，親手滅了阿畢。

自己終究還是手刃了自己人世間最好的好友。

對此刻的阿吉來說，真祖召喚之際，粉身碎骨或許是條不錯的路，與其背負著這些回憶，不如粉身碎骨來得痛快。

這些回憶，對阿吉來說就是這麼痛。

生不如死。

「如果阿畢走偏了，我會親手阻止他。」

過去那個天真的自己，真的知道這會是一條多麼不堪的路嗎？

為什麼只有我一個人活下來，還活得如此狼狽？

現在的自己，可以看嗎？

只有在月光之下，才能回復片刻清醒。剩下的時間就好像失去了靈魂的軀殼，只能遊蕩在人世間。

這就是代價嗎？

既然是這樣的話，那就如此吧……

阿吉甚至連掙扎的力量都沒了。

眼看自己的問題，讓阿皓一臉哀傷，片刻沒有回應，玟珊以為阿皓拚了命回想，可是卻什麼也想不起來，殊不知此刻阿皓的心中，卻是如何的水深火熱、翻騰洶湧。

「如果記不起來，也不要勉強。」玟珊對阿皓說。

這句話，彷彿大海之中的明燈，指引了阿吉的方向。

「……嗯，對不起，我不記得了。」

「嗯，沒關係。」

「……叫我阿皓就好了。」被稱為阿皓的阿吉這麼回答。

就這麼一句話，斷了與過去的一切羈絆。

至少，這是被稱為阿皓的阿吉，心中所期待的方向。
因為不想讓任何認識自己的人，看到自己現在不堪的模樣。
這一夜是發生在曉潔還在J女中就讀高三時候的事情。
只是沒人知道，即便阿吉不願意，過去還有些事情，牽連著他們，宛如地獄深淵爬出來的惡魔般，即將對他們伸出最殘忍的魔爪。

3

就在阿皓想要靠著一句話，斷了與過去的羈絆時，同一個時間，在北部的么洞八廟之中。
同樣的一輪明月之下，一個身影，緩緩地走進了呂偉生命紀念館之中。
那人閃進了呂偉生命紀念館之後，立刻將門帶上。
這個人不是別人，正是這間廟宇現在的繼承人葉曉潔。
曉潔穿著一件大風衣，鬼鬼祟祟地躲進了呂偉生命紀念館之中。
現在已經是入夜時分，呂偉生命紀念館早就已經沒有開放了。
當然，身為這間廟宇繼承人的曉潔，即便在非營業時間，理所當然可以大剌剌地進來這間紀念館之中。

但是此刻的她，正在做一件不想讓任何人看到的事情，因此才會這樣鬼鬼祟祟。即便進到了紀念館之中，打開了燈後，曉潔還是靜靜地等了一會，確定何嬤跟阿賀這些工作人員沒有發現，才鬆了一口氣。

曉潔手抓著風衣的領口，猶豫了好一陣子之後，才將風衣脫了下來。

原來曉潔會如此害臊與難堪，是因為裡面穿著的，正是一年多前阿吉設計過讓曉潔換上的兔女郎裝。

不過由於阿吉當初特製的那件，最後被阿吉收回去了，所以現在這一件是曉潔特別去買的。

當然此刻的曉潔並不知道，其實那件兔女郎裝阿吉有特別留下來，後來還是透過了何嬤交給了她，所以也只好自己去另外做了一件。

之所以會換上這件衣服，當然有曉潔特別的原因。

因為今天是J女中那起決戰與不幸事件過後滿一周年的日子。

雖然心裡還是不願意接受，不過對曉潔來說，或許也明白，這一天很可能就是阿吉的忌日了。

對於那封留給她的信件中，最後的那個願望，也是曉潔唯一可以用來紀念阿吉的辦法。

不過她一點也不想讓廟裡面其他人撞見，因此等到夜深人靜的此時，才換上這身兔女郎裝，來到這間呂偉道長紀念館。

因為在呂偉道長紀念館的後方，也就是原本堆放雜物的地方，現在也被佈置成了阿吉的紀念館。

雖然在曉潔的心中，一直不願意承認阿吉已經死亡，但是連曉潔自己也知道這只是自欺欺人而已。

畢竟，如果阿吉真的還活著，那麼又有什麼理由會不回來呢？

所以最簡單的原因就是因為阿吉已經不在這個人世間了，差別只是自己願不願意承認而已。

來到了後室，稍微整理過後的房間，擺著許多阿吉生前使用的東西。

其中一個櫃子上面，擺著一張阿吉的半身照。

事實上，就何嬤所說的來看，這可能是阿吉唯一一張正式的照片。

從小就喜歡調皮搗蛋的阿吉，根本沒有幾張不擺鬼臉不搞怪的照片，如果不是證件等等重要文件需要，說不定連這唯一一張正式的照片都不會留下來。

曉潔穿著一身兔女郎的衣服，走到了照片前，看著照片。

原本還顯得羞澀的表情，瞬間沉了下來。

牆壁上掛著的，是阿吉最喜歡的那件黃金色道袍，就連阿吉長年的戰友刀疤鍾熗，也靜靜地躺在房間的角落，被箱子妥善收藏著。

只要一進到這間充滿了阿吉物品的房間之中，氣氛總是會特別哀傷。

至少，對曉潔來說是這樣。

曉潔凝視著阿吉那張照片，沉默了好一陣子。

「阿吉，」曉潔語帶哽咽地對著照片說：「雖然我一直希望你還好好地活在這個世界的某個角落，不過我也知道有些事情，真的不是只靠希望就好了……」

說到這裡，曉潔深呼吸一口氣，調整一下自己的情緒，才不至於讓那些累積在眼眶之中的淚水流下來。

「我今天……」在心情平復之後，曉潔接著說：「換上了這件……你一直說想要再看一次的衣服。如果你真的已經……每年都要記得回來，知道嗎？我每年都會像這樣，穿上這件衣服來紀念你。」

說到最後，曉潔再也忍不住，淚水也奪眶而出。

在那場大戰過後已經一年了，但是從來不曾有人登門來紀念過阿吉。

明明阿吉就已經完美地繼承了呂偉道長的精神，義無反顧地連自己的命都丟了，但是卻沒有任何人前來紀念悼念過他。

每每想到這裡，都讓曉潔覺得為阿吉抱不平，不過這些都比不過曉潔心中對阿吉的思念。

在為阿吉哭了一會之後，曉潔逐漸平復情緒，由於天氣有點冷，自己穿得又那麼少，因此曉潔不自覺地抖了一下。

正準備走出去將風衣穿起來，誰知道才剛打開一條門縫，就立刻聽到熟悉的聲音。

「奇怪捏，」那是何嬤的聲音：「我記得我有關燈啊。」

曉潔一聽，立刻又趕緊將門闔上，不敢出聲。

開什麼玩笑，如果穿這模樣被何嬤撞見，先不要說自己跳到黃河都洗不清了，光是那種糗態，恐怕是連作夢都會被嚇醒。

因此曉潔立刻用背頂著門，打定主意就算被發現也絕對不能讓這扇門被打開。

她一生的貞節就看這一頂了。

當然，曉潔也不知道何嬤剛剛有沒有注意到這扇門的動靜，不過在等了一會之後，突然聽到何嬤又開口了。

「曉潔？阿賀？」何嬤的語氣中聽得出些許困惑。

曉潔當然不可能回答，此刻的她腦袋一片空白，心裡只有一個禱告，就是何嬤不會走進來試圖打開自己背部頂著的這扇門。

等了一會之後，可能沒有聽到回應，何嬤轉身關上了燈，然後走出了呂偉道長生命紀念館。

死命抵住門的曉潔，聽到了外面傳來鎖門的聲響，才真正鬆了一口氣。

雖然何嬤將門上鎖，不過這鎖從裡面不需要鑰匙就可以打開，因此曉潔才會鬆了一口氣。

不過曉潔並沒有立刻動身，反而等了一會，確定何嬤真的離開之後，才打開門。

紀念館裡面黑漆漆一片，料想應該就是因為燈光沒關，所以才會吸引何嬤過來關燈。

不過這些都不是曉潔關心的，現在的她只想趕快披上風衣，然後溜回自己的房間。

一旦順利回到房間，曉潔第一件要做的事情，就是換掉這身兔女郎的衣服。

在一片昏暗之中摸黑準備拿回自己的風衣，摸了一下之後，才赫然發現自己穿來的風衣，竟然不見了。

嚇了一跳的曉潔，四處又找了一下，確實都沒有看到風衣的影子。

這下糟糕了，一定是剛剛何嬤順手就把風衣收走了。

少了那件風衣，曉潔就得穿著這件讓人尷尬的衣服，一路回到自己房間了。

這是曉潔完全不想要面對的情況，畢竟現在雖然已經接近深夜時分，不過剛剛何嬤才過來看過，她實在不想要冒著會被別人撞見的風險，穿著這身兔女郎裝回去自己的寢室。

曉潔苦惱地抱著自己的頭，四處張望看看有沒有什麼東西可以稍微遮一下的。眼光就瞄到了紀念館櫥窗內的那件道袍，那是呂偉道長生前穿過的道袍，可是現在被鎖在櫥窗裡面，曉潔身上並沒有帶著可以開啟櫥窗的鑰匙，不過……

想到這裡，曉潔立刻轉向後室，在後室裡面，也掛著一件阿吉生前最喜歡穿的那件黃金道袍。

雖然金光閃閃很不適合這時候想要絕對低調的曉潔，不過現在她實在也已經沒有多少選擇了。

曉潔回到後室，從牆壁上把道袍拿下來，穿在自己的身上。

然後四處張望了一下，確定走廊上沒人之後，才打開紀念館的門，快步朝自己的寢室前進。

只是當曉潔上樓梯的時候，走廊盡頭的浴室，一個身影也剛好從浴室走出來，由於黃金道袍十分顯眼，因此那身影立刻注意到了道袍。

這個身影不是別人，正是剛剛洗完澡的阿賀。

如果是在一年多前看到這件道袍，阿賀說不定連理都不會理，畢竟在廟宇裡面出現道袍，肯定是那個不按牌理出牌的阿吉，阿賀可能見怪不怪。

可是偏偏此時此刻，這間廟宇根本就沒有人會穿著道袍到處跑，尤其是在這種大半夜的時候。

因此阿賀立刻聯想到小偷這件事情，畢竟前些日子就發生過類似的案件，有小偷趁夜穿著道士的衣服，闖入道觀，竊取財物之類等有價物品。

阿賀想到這裡，二話不說立刻追上去。

果然才剛上樓梯，就看到那個穿著道袍的人，正偷偷摸摸在走廊上快步移動。

阿賀不想打草驚蛇，加快腳步追上去，由於那人似乎怕驚動到人，雖然有加快腳步，但是速度並沒有很快，所以阿賀一下子就追到了。

「什麼人！」

阿賀叫著的同時，也伸手一把抓住了道袍。

曉潔當然萬萬也想不到後面會有人，更想不到對方會抓著自己的道袍。

原本就只是為了遮蔽一下，所以隨便披上的道袍，這時又被這一叫嚇了一跳，整個向前一跳，道袍竟然就被阿賀給扯下來了。

曉潔穿著兔女郎裝的模樣，完全暴露在阿賀的面前。

當然阿賀完全沒有想到這鬼鬼祟祟的人影，竟然會是一向很正派的曉潔，更沒想到在這一扯之下，道袍就直接脫下來了，而在道袍裡面的曉潔，還會穿著這一身火辣性感的服裝。

兩人就這樣愣在原地，彼此無言地用難以置信的眼神望著對方。

想不到這一切就差一步了，曉潔作夢也想不到，自己竟然會在自己的房門前就這樣前功盡棄了。

阿賀回過神來，一臉尷尬地搔了搔頭。

「嘿，」阿賀無奈地攤攤手說：「我從來不干涉他人的興趣。只是妳知道，妳可以大方一點……」

沒等阿賀把話說完，曉潔幾乎是用跳的跳到自己的房間裡面，用力關上了門後，曉潔覺得自己的頭就好像要燒起來了一樣。

這真的是曉潔人生中最丟臉的一刻。

那晚，曉潔紅著臉睡去，這可以說是在她人生中最嚴重的汙點。

即便如此，曉潔還是沒有改變每年都這樣祭拜阿吉的想法，至少，對她來說，這或許是祭拜與緬懷阿吉最好的辦法。

不過她作夢也沒想到的是，此刻的阿吉，非但沒有死，還正在南部面對著他人生最艱難的課題。

而曉潔更難以想像到的是，在阿吉即將踏上的不歸路上，難熬的將不會只有阿吉，就連位在北部的她，也即將被捲入一場風暴之中。

不管是阿吉還是曉潔，都即將邁入他們人生中，最黑暗的一段時光。

後記

大家好，我是龍雲，非常高興又在這裡跟大家見面。

他回來了。

其實關於他的這段故事發展，是早在第一部驅魔教師系列的時候，就已經規劃好的路線。

這段時間，面對大家對他的關心，真的是啞巴吃黃連，有苦說不出啊。（雖然這好像是自己造成的……）

雖然忍得很苦，不過看到他在各位心中有這樣的地位，也感覺到欣慰。

驅魔教師系列，是我非常喜歡的一部作品。

如果過去有看過我的作品，也有順便看一下後記的朋友們，應該大概會知道每個系列的起源。

紅龍之眼，是因為這四個字反覆出現在腦海中。黃泉委託人，是在洗澡的時候出現的。

比起這兩部作品，驅魔教師系列算是比較正常。

一開始在提案的時候，我給它取的名字是《一零八傳奇》。會有這樣的名字，是因為在架構這個故事的時候，其實花比較多的時間，在呂偉道長的身上。一百零八種靈體、口訣、鍾馗派、跳鍾馗、操偶等等，全部都比阿吉還要早出現在腦海裡。事實上一開始的阿吉在我心中，只是呂偉道長身邊的一個死小孩。

雖然最後躍升成為主角，不過還是常常擔心會不會其實大家挺討厭他的。想不到最後竟然會因為他，被大家質問，還真是出乎我意料之外。

總之，雖然變成了阿皓，跟過去也有一些地方不太一樣。

不過，他回來了，請大家多多指教囉。

龍雲

龍雲作品 12

月下流星：少女天師

國家圖書館出版品預行編目資料

少女天師. 4, 月下流星 ／ 龍雲 著. — 初版. —
臺北市：春天出版國際, 2016. 11
面； 公分. —（龍雲作品；12）
ISBN 978-986-5607-92-0（平裝）
857.7 105019736

ISBN 978-986-5607-92-0
Printed in Taiwan

作者	龍雲
封面繪圖	B.c.N.y.
總編輯	莊宜勳
主編	鍾靈
責任編輯	黃郁潔
美術設計	三石設計
出版者	春天出版國際文化有限公司
地址	台北市信義區信義路四段458號3樓
電話	02-7718-0898
傳真	02-7718-2388
E-mail	story@bookspring.com.tw
網址	http://www.bookspring.com.tw
部落格	http://blog.pixnet.net/bookspring
郵政帳號	19705538
戶名	春天出版國際文化有限公司
法律顧問	蕭顯忠律師事務所
出版日期	二〇一六年十一月初版
定價	180元
總經銷	楨德圖書事業有限公司
地址	新北市新店區寶興路45巷6弄6號5樓
電話	02-8919-3186
傳真	02-8914-5524

龍雲
作品

龍雲
作品

龍雲
作品

龍雲
作品